조경태,

세상과의 소통

조경태, 세상과의 소통

초판 1쇄 인쇄일_ 2009년 6월 20일
초판 1쇄 발행일_ 2009년 6월 24일

지은이_ 조경태
펴낸이_ 최길주

펴낸곳_ 도서출판 BG북갤러리
등록일자_ 2003년 11월 5일(제318-2003-00130호)
주소_ 서울시 영등포구 여의도동 14-5 아크로폴리스 406호
전화_ 02)761-7005(代) ㅣ 팩스_ 02)761-7995
홈페이지_ http://www.bookgallery.co.kr
E-mail_ cgjpower@yahoo.co.kr

ⓒ 조경태, 2009

값 12,000원

* 저자와 협의에 의해 인지는 생략합니다.
* 잘못된 책은 바꾸어 드립니다.

ISBN 978-89-91177-81-9 03810

조경태,
세상과의 소통

조경태 지음

BIG 북갤러리

목차

3장 지역 탐방

책을 쓴다는 것은 작가가 자신의 생각, 사상, 철학을 투영하는 과정이기 때문에 책을 읽으면 글쓴이를 알 수 있는 계기가 된다. 예전에도 한번 책을 쓴 적이 있는데, 지금 읽어보면 어색하기 짝이 없다. 아마도 이번에 쓴 글 역시 세월이 지나면 또 다른 어색함을 느끼지 않을까 하는 생각을 하게 된다.

그래도 짬짬이 시간을 내어 이렇게 사색하며 글을 쓸 수 있어 나는 행복하다. 전국의 산과 들과 바다 그리고 우리나라 고유의 정서와 문화를 고스란히 안고 있는 작은 시골 마을들을 다니면서, 사람들과의 만남과 그들과의 정서적 공유가 꽤 힘든 일이기도 하였지만, 소박하고 꾸밈없는 천연색 같은 모습을 보게 되어 말할 수 없는 기쁨을 느낀다.

언제나 나의 버팀목이 되어 주고 기쁨과 슬픔을 함께 나누는 소중한 분들이 계신다. 항상 자식을 걱정하며 기도하시는 홀어머니, 그리고 형님 두 분과 동생, 어려울때마다 격려의 말씀을 해주시는 장인, 장모님께 감사드린다. 평소 남편과 아빠로서 제대로 된 역할을 다하지 못하지만 묵묵히 지켜주고 있는 처 신미숙, 딸 혜리가 고맙다. 정치인으로 살면서 느껴지는 부족한 이성을 채워주는 감성 풍부한 분들로부터 많은 것을 배운다.

항상 밝은 미래를 노래하는 노재철 위원장님, 원형은 목사님, 정주호 감사님, 이정환 관장님 등 여러분께 감사드린다. 김형오 국회의장님, 정세균 당대표님, 이강래 원내대표님, 이종걸 국회의원님, 안민석 국회의원님, 선배, 동료의원님 여러분께도 깊은 감사드린다.

김형길 사무처장, 정상원 국장, 손성오 실장, 이성숙 여성국장, 임지은 부장 등을 비롯한 부산시당 관계자 여러분들, 노재갑, 최해목, 성창용, 이석재, 최현호, 이동영, 박미아, 김효성, 한현숙 등 사무실 보좌진 여러분께도 또한 진심으로 감사드린다. 앞으로 나는 조국 대한민국의 산하를 더 많이 보고 느끼고 싶다. 정치를 한다는 것이 때로는 고독할 때가 있다. 하지만 그 고독 역시 즐겨야 한다고 생각한다.

정치를 하면서 가장 필요한 덕목이 무엇일까? 하는 고민에 가끔씩 빠지게 된다. 1996년 15대 총선부터 시작된 정치입문 과정을 생각해 보면 제법 오랫동안 정치와 인연을 맺어왔다. 그동안의 경험에 비추어 보았을 때, 정치는 신뢰가 매우 중요하다는 것을 느낀다. 부산에서 한나라당이 아닌 특히 민주당으로 당선된다는 것은 참으로 불가능해 보이는 일이다. 하지만 부산시민들과 사하구민들의 신뢰가 17대에 이어 18대 총선에서도 기적을 이뤄냈다. 다른 지역과는 달리 우리지역은 그야말로 조용함 속에 혁명이 일어난 것이나 다름 없었다.

18대 총선은 2000년 새천년민주당이 집권당이었을 때보다 훨씬 상황이 좋지 않았음에도 불구하고 사하주민들은 기꺼이 또 한 번의 기적을 만들어 주셨다. 나는 그분들께 무한한 신뢰를 가지며 항상 국민을 위한 정치인이 되겠노라고 다짐하고 또 다짐한다.

그동안 부산에서, 영남에서 많은 정치인들이 지역주의의 벽을 넘기 위해 노력했다. 하지만 미완으로 남겨 졌다. 실패했지만 도전했던 수많은 정치인들을 나는 기억하며, 그분들의 도전에 대한 존경심과 실패에 대한 안타까움을 동시에 가진다.

지역주의라는 현실적인 높은 벽을 알면서도 도전하는 그들이야말로 한국의 정치 발전과 민주주의를 견인해 내는 진정한 영웅들이다. 그 많은 영웅들에게 진심으로 감사드린다. 정치권에서는 그동안 그분들에 대해 제대로 된 예우를 하지 않았다. 항상 소모품마냥 버려졌다.

한국정치가 더욱 발전하기 위해서라도 어려운 도전을 한 그분들에 대한 배려와 사랑이 있어야 한다고 본다. 나의 승리는 위대한 사하주민의 승리이며, 사하주민들의 높은 뜻은 바로 정치개혁과 통합이라는 메시지를 담아내고 있다.

한국정치사에서 가장 위대하고 가치 있다고 생각되는 결과가 두 번에 걸쳐 나에게 주어졌다고 감히 생각한다. 겸손한 마음으로 애써 외면하고 싶지만, 조용했지만 혁명 같은 일이기에 상징적으로나 학술적으로도 의미 있게 다뤄져야 한다고 진지하게 말씀드리고 싶다.

2009년 6월
국회의사당에서
조 경 태 올림

17대 총선에서 부산에서 유일한 열린우리당의 지역구 국회의원으로 당선되어 언론과 시민들로부터 많은 관심과 깊은 사랑을 받게 되었다. 15대 총선에서는 통합민주당 후보로, 16대 총선에서는 새천년민주당 후보로 출마하여 원내진입에 성공하지 못하였지만, 항상 원내진입의 꿈을 꾸면서 17대 총선을 준비해 왔다.

어려운 정치 환경 속에서도 함께 했던 동지들이 해가 바뀔 때마다 정치현실을 떠나는 모습을 지켜보아야만 했다. 부산에서는 실질적인 야당인 민주당을 하면서 겪는 현실적인 어려움으로 떠나는 동지들의 마음을 충분히 이해할 수 있다.

2002년 12월 힘들어 보였던 정권재창출을 이루고 난 후 집권당에 동참하는 시민들의 숫자는 늘어났지만 내용적으론 크게 달라지지 않았다. 여전히 부산지역에서 큰 목소리를 내는 정당은 야당인 한나라당이었고, 열린우리당은 여당이면서도 부산에서는 야당과 진배없는 상황이었다. 비록 탄핵의 바람이 불었지만 높은 지역벽을 넘기에는 기초체력이 넉넉하지 못하였다. 하지만 17대 총선은 그 어느 때보다도 가능성이 높았고 스스로 승리할 수 있다는 자신감이 충만하였다.

사회적 경험은 많지만 정치경험이 부족한 명망가 출신 후보들은 너나없이 도전장을 내밀었다. 역대 선거 가운데 부산에서 비한나라당 후보 가운데 이처럼 좋은 경력을 가진 후보자들은 없었다. 총선 결과는 냉혹하였다. 부산에서 18석 가운데 결국 1석만 원내에 진입시키는 엄중함(?)을 보였다.

영광스럽게도 최연소인 나에게 그 기회를 안겨다 준 것이다. 96년부터 노력한 보람을 8년 만에 이룰 수 있게 된 것에 대하여 감사한 마음을 가진다. 부산에서 비한나라당으로, 원외로 정치활동을 하는 것은 쉽지 않은 일이다.

지금은 정계에서 거의 은퇴하신 중진 정치인은 "부산에서 1년은 버틸 수 있는데 그 이상은 못하겠더라." 면서 나의 도전정신을 높이 평가해주셨다. 3번째 도전까지 가시밭길 같은 정치역정이 부산 유일의 야당국회의원으로의 큰 밑거름이 되었다.

부산에서 지역주의의 벽을 넘어선 유일한 정치인이라는 큰 자산을 가진 나로서는 들뜨거나 자만하지 않았다. 오히려 무거운 책임감과 더불어 평소 생각했던 서민을 위한 정치실현을 위한 의정활동을 펴나갔다.

2004년도 여름 어느 날 일본의 고이즈미 수상을 만나다

당시 천정배 원내대표를 비롯한 열린우리당 소속의원들이 의원외교의 일환으로 일본을 방문한 적이 있었다.

이전부터 일본문화와 그들의 생활에 대한 연구를 가끔씩 하곤 했다. 특히 전공이 토목공학인지라, 사회간접자본(SOC) 투자에 대한 실태와 선진국민의 생활문화에 대해 많은 관심을 가졌다. 섬나라 일본이 오늘날 번영할 수 있게 된 것은 역설적으로 바다로 고립된 섬나라였기 때문으로 보인다.

고립된 섬나라에 호기심 많은 서양의 개척자, 탐험가들이 끊임없이 찾게 되었고 선진문물을 받아들여 국가발전을 꾀하려는 일본인들은 쇄국보다는 개방을 선택하였다. 그 결과 한국보다 먼저 선진화된 서구문물을 받아들였고, 그만큼 우리보다 앞서게 된 것이다. 우리도 개방된 마음으로 지속적인 국제교류를 펼쳐나갔다면 더 앞설 수 있지 않았을까 하는 안타까움도 남는다.

일본방문 일정 가운데 일본총리와의 면담도 잡혀 있었다. 그 당시 일본총리는 한창 인기를 누리고 있던 고이즈미였다. 총리관저는 세계 제2의 경제대국의 이미지와는 달리 화려하지 않으면서도 일본 특유의 문화가 느껴지는 듯 했다.

천정배 원내대표께서 부산에서 열린우리당의 유일한 지역구 국회의원이라며 나를 소개해 주었다. 그러자, 고이즈미 총리가 "아, 정말 놀랍다. 어떻게 부산에서 당선될 수가 있었냐."며 다시 한 번 나의 손을 잡아주는 것으로, 놀라움과 경이로움을 표시한 적이 있다.

일본 정치인들의 배반의 장미!

일본의 정치인들이 한국정치에 상당한 관심을 가지고 있다고 알려져 있다. 실제로, 고이즈미 총리는 "한국에는 지역주의 정치가 매우 강하다는 것을 잘 알고 있다"고 말하면서 한국의 정치, 경제 등에 대해 관심을 나타내었다.

일본 정치인들이 한국의 정치, 역사, 문화에 대해 관심이 높다는 것을 직접적으로 느낄 수 있었다. 하지만 종종 일본인들이 역사를 왜곡함으로써 우리와 마찰을 빚는 것은 역설적으로 우리나라의 우수성을 반증하는 것이라 여겨진다.

우리나라로 돌아온 지 얼마 되지 않아 당시 고이즈미 총리가 야스쿠니 신사를 참배하는 모습을 보면서, 반만년 배달민족의 후예로서, 대한민국 국민의 한 사람으로서의 안타까움과 국민들의 분노의 목소리를 담아 고이즈미 총리에게 서신을 보낸 적이 있다.

고이즈미 준이치로 총리 귀하

1970년 12월 빌리 브란트 서독총리는 폴란드 바르샤바를 방문하여, 나치 희생자의 위령비에 무릎을 꿇고 사죄하였습니다. 이러한 진심어린 사과는 폴란드인의 응어리진 한을 풀고 양국 관계를 발전시키는 계기가 되었습니다.

35년이 지난 2005년 5월 8일은 2차 대전 종전 60주년 기념일이었습니다. 5월 9일 모스크바의 붉은광장에서 50개국 이상의 지도자가 참석한 가운데 독일 전 승리 60주년 기념식이 열렸습니다. 이 자리에 패전국인 독일의 슈뢰더 총리가 참석해 '무명용사의 무덤'에 헌화했습니다. 그들의 과거반성은 일회성 이벤트가 아니라, 지속적이고 발전적입니다.

역사적으로 그렇게도 많은 전쟁과 분쟁이 있었던 유럽이 지금처럼 평화롭게 공존하며 발전해 나가고 있는 이유는 바로 이렇게 진지한 과거 반성이 있었기 때문이라고 생각합니다.

이에 반해 아시아는 어떻습니까?

당신은 주변국의 강력한 반발에도 불구하고, 또 다시 8월 15일 야스쿠니 신사를 참배했습니다. 같은 날 국왕께서도 전몰자 추도식에 참석하여 전몰자와 유족들을 애도하는 발언을 했습니다.

8월 15일이 무슨 날입니까? 당신들이 일으킨 침략전쟁에서 당신들이 항복 선언을 한 날입니다. 주변의 많은 피해 국가들은 식민지배에서 벗어난 기쁨을 기억함과 동시에 과거의 아픔을 잊지 않기 위해 이 날을 국경일로 삼고 기억하고 있습니다. 이런 날에 한 국가의 지도자가 나서서 피해자보다도 가해자를 먼저 생각하고 위로한다는 것이 과연 보편적인 상식에 맞다고 생각하십니까?

저는 이러한 당신의 야스쿠니 참배가 정치적 소신이나 믿음에 따라 이루어진 것이라고 생각하지 않습니다. 총리 취임 전 그 오랜 정치생활동안 당신은 야스쿠니 참배엔 별로 관심이 없었습니다. 공식적으로 4차례 방문기록이 있다고 합니다. 그런데 총리가 되고 나서 6년 동안 매년 방문한다는 것은 본인에 대한 국민적 인기만을 노린 정치적 이벤트라고밖에는 볼 수 없습니다. 시간이 흐른 뒤 일본 국민들이 당신을 강한 총리로 기억할까요? 패전국을 딛고 반세기만에 세계적인 경제대국으로 성장한 일본 국민들의 수준은 당신이 생각하는 것만큼 낮지 않습니다.

당신이 그동안 무시하던 주변 국가뿐만 아니라, 세계의 언론에서, 또 이젠 일본의 국민들마저 당신을 비난하고 있습니다. 더 이해할 수 없는 것은 당신이 주변 국가를 등지고, 침략행위를 찬양하면서도 동시에 일본이 UN의 상임이사국이 되어야 한다고 주장하는 것입니다. 피해자의 넋을 위로하기는커녕, 오로지 가해자인 자국의 전사자들만 위로할 줄 아는 일본이 과연 동아시아와 세계의 평화를 위해 책임 있는 행동을 할 수 있겠습니까? 과연 상임이사국의 자격이 있겠습니까? 당신의 무책임한 행동으로 인해, 동아시아의 관계는 20년 이상 후퇴했다고 생각됩니다.

당신이 퇴임한 이후, 새로 취임할 후임 총리는 이러한 간극을 좁힐 수 있는 인격과 국제적 안목, 글로벌 마인드를 갖춘 분이기를 간절히 바라겠습니다.

2006. 8. 16
대한민국 국회의원
조 경 태

1장

조경태의 정치

노점상과 좌판 그리고 구청 단속반

1995년 10월 아침저녁으로 날씨가 제법 쌀쌀해져 있었고, 나는 아내와의 결혼을 앞두고 있었다. 그 당시 나는 부산정보대에 강의를 나가고 있었다. 강의를 나간다고 해 보았자 흔히들 '보따리 장사'라 말하는 시간강사였다.

그 시절 나는 부산대학교에서 박사학위를 준비하고 있었는데, 학교 근처에서 자취를 하며 연구소에 거의 붙어살다시피 하였다. 연구와 함께 학위논문 자료를 찾아가며 오전을 보내고 나면 오후에는 구포동에 있는 부산 정보대로 건너가 강의를 해야했다. 그리고 주말이면 아내와 함께 결혼 준비까지 해가며 몸이두 개라도 모자라는 하루하루를 보내고 있었다. 혼수라고 해서

준비할 것도 딱히 없는 것 같은데 의외로 신경 쓸 일이 꽤 많았던 것 같았다.

정보대에서 강의를 마친 후 다시 부산대로 향하는 길에 여느 때와 마찬가지로 버스를 갈아타기 위해 구포시장 쪽으로 걸어가고 있었다. 그런데 평소와는 달리 약간 시끄러운 소리가 들려왔다. 어떤 할머니의 통곡하는 소리가 들려왔고 주변의 좌판들이 단속반에 의하여 무자비하게 단속차량 위로 실리고 있었다.

"아이고, 내 다라이(큰 대야) 내놔라"

"아이고, 이 놈들아~!'

나는 순간 멍해졌다. 단속반을 막아보아도 소용없었다. 시선을 다시 노점 상인들에게로 옮긴 순간 70대 가량의 할아버지와 눈이 마주쳤다. 할아버지께서는 말없이 눈물을 삼키고 계셨다. 깊게 패인 주름진 얼굴과 굳은살이 박인 거친 손이 두눈에 선명하게 들어왔다. 할아버지의 모습에서 순간 아버지의 모습이 겹쳐졌다.

'아! 아버지~'

자식을 위해 평생 노동일만 하신 아버지와 그 할아버지의 모습이 너무나도 닮아있었다. 할아버지를 보고 있자니 눈시울이 뜨거워져 왔다. 그 자리에 서서 소리 없이 울었다. 시장 통에서 강제철거 당하는 이들은 나의 아버지, 나의 어머니였다. 분하게 느껴졌다.

　강제 단속한 그들은 문민정부시대의 단속반이었다. 우리의 아버지, 어머니는 더 좋은 세상을 만들겠다고 그를 대통령으로 뽑았지만, 세상은 전혀 변하지 않았다는 것을 깨닫게 되었다. 언젠가 기회가 오면, 서민을 위해 살겠노라고 결심을 하였다.

나의 사랑, 나의 아내

　아내를 처음 만난 것은 1994년 석사과정을 마치고 박사과정을 밟겠다고 다짐한 직후였다. 우리는 대학원 후배의 소개로 처음 만나게 되었다. 수수하고 착해 보이는 인상이 마음에 들었다.

　장인어른께서는 그 당시 경찰공무원이었다. 대학 다닐 때 데모하면서 경찰과 대치하기도 했는데 참으로 아이러니 하였다. 아마도 몇 년 후 박사학위를 받게 되면 밥벌이는 하지 않겠나 하는 마음으로 나를 사위로 받아들이신 것 같다. 결혼한 지 석 달 만에 국회의원 선거에 나와야겠다고 출마선언을 했을 때 유일하게 나를 격려해준 이가 바로 나의 아내이다.

　"미숙아! 내가 국회의원 선거에 나와야겠다. 어떻게 생각하노?"

진지하게 물었다.

"나는 잘 모르지만 힘든 일을 왜 하려고 합니까?"

"이번에 출마하지 않으면 평생 후회할 것 같다."

"그럼 한번 해 보세요."

지금 생각해보면, 신혼 석 달 만에 정치하겠다는 신랑을 존중해 준 아내가 존경스럽기까지 하다.

이후 96년 나의 첫 출마가 끝나고 8년간 지역주의에 맞서 싸우는 동안 집안의 가장은 나의 아내였다. 나중에 안 사실이지만, 버스비가 없어 걸어 다닌 적도 있다는 얘기를 들었다. 하지만, 아내는 단 한번도 경제적인 이유로 나에게 화를 낸 적이 없었다. 원외위원장으로 8년간의 세월은 참으로 혹독한 시련의 시간이었지만, 묵묵히 나를 믿고 따라준 아내의 깊은 사랑 덕분에 극복할 수 있었다.

그녀는 2004년 4월 부산에서 지역주의를 극복하고 국회의원으로 당선된 나의 숨은 공로자였다.

중학교 졸업사진

칼–라면국수의 맛

하늘

조경태

이제 할 일은 없어져 버렸소.
세상의 모든 일이 끝난 느낌을 받았소.
별을 헤어보니 지루하게만 느껴지오.
낙엽이 지는 것은 절망처럼 느껴졌다오.

할 일 없는 나에게 다시 새 삶이 찾아드오.
저 높은 하늘의 별처럼 나도 별이 되고 싶구려.
절망에 빠진 자들의 구세주가 되고 싶소.
그리하여 저 하늘처럼 높은 이상을 갖는 자가 되어 보리다.

위의 시는 중학교 2학년 재학 중에 쓴 글이다. 내가 가장 소중하게 생각하는 글이기도 하다. 지금 생각하면 웃음이 나올 정도지만 그 당시의 여러 가지 갈등하는 고민의 흔적을 잘 표현한 시이다. 시를 읽어보면 누구나 이해하듯이 전반부분은 절망을, 후반은 꿈을 노래하였다. 중2학년, 갑작스레 찾아온 각혈병이라는 절망적 상황을 스스로 감내하며 극복하고자 했던 의지가 그대로 묻어난 시였다.

내가 29살의 나이로 웃통을 벗고 맨주먹으로 출마할 수 있었던 힘은 바로 그 무렵 형성된 것이 아닐까? 매우 아픈 몸이었지만 결코 좌절하지 않았고 살아야 한다는 강한 의지를 보여주었다. 수십 가지의 알약을 하루 3번씩, 1년 이상 삼키면서 한번

1996년 15대 국회의원 선거 후보 포스터

도 거르지 않았다. 강한 정신력은 나를 일으켜 세워 주었고 긍정의 힘이 나를 지켜주었다.

가정 형편이 어려워 입원할 처지가 못 되어 집에서 절대안정을 취하겠다고 다짐하여 의사선생님을 설득 시켰던 중학교 2학년의 그 어리석음(?)은 지금 생각해보면 아찔하기까지 하다. 이때부터 나보다 절망에 빠진 이웃을 생각하며 살겠다는 마음이 들었던 것 같다. 이 당시 삶에 대한 진지한 고민을 하며 자선사업가로서의 꿈을 꾸기 시작한 것 같다.

초등학교 다닐 때에는 친구들의 참고서와 문제집을 빌려보곤 했다. 그리고 대학교와 대학원 석, 박사학위를 받기 위해 공부할 때에도 집에서 등록금을 마련해 달라고 할 엄두가 나지 않아 스스로 학비를 만들어 공부하였다.

아마도 나의 유년시절과 청소년시절, 그리고 청년시절의 어려웠던 기억들이 축적되는 과정에서 더불어 살아간다는 공동체의식이 강해진 것 같다.

어릴 적, 가장 먹고 싶은 음식 중에 하나가 수제비와 칼국수였다. 어머니께서는 항상 주식으로 정부미로 만든 밥을 해 주셨다. 옆집에서 먹는 수제비가 먹고 싶어 어머니께 이야기하면 거절당하기 일쑤였다. 아마도 밀가루 사기도 어려운 형편이었던 것 같다. 그럴 때는 일부러 밥 먹는 시간에 옆집에 놀러 가 칼국수와 수제비를 얻어먹곤 했다. 지금도 어머니께서 어렵사리 칼국수와 라면을 섞어 만들어주신 칼·라면국수의 맛을 잊지 못한다. 어려운 고난을 이겨낼 수 있는 큰 힘은 바로 여기에 있었다.

힘들게 공부하여 박사학위를 수료하던 1996년 2월경, 누구도 예상치 못한 15대 국회의원 선거 출마를 선언하게 되었다. 어제까지만 해도 학교 잘 다니고 신혼의 단꿈에 젖어있던 학생이 갑자기 국회의원 선거에 출마한다니 주변에서는 매우 당황해 하였다. 특히 가족들이 거칠게 반대하였다. 지도 교수님을 찾아가서 총선 출마의 뜻을 밝히니 "계란으로 바위치기"라며 무모한 도전을 극구 만류하셨다.

박사논문을 쓰는 학생들은 지도 교수님의 말씀이 절대적이다. 교수님의 완강한 반대가 있었지만 포기할 수 없었다. 어쩌면 앞으로 내가 누려야 할 기득권을 포기하고 한치 앞도 보이지 않는 시계제로의 길을 가야하는 상황인지도 몰랐다. 그러나 나는 이미 그리로 가 버렸다.

총 선거운동원은 나를 포함하여 5명!

이들은 라면을 먹어가며 무모한 도전을 하였다. 아내에게 선거 전날 밤 물었다.

"몇 표쯤 나올까?"

아내가 대답했다.

"10표만 나와도 만족해요"

낡은 정치구도를 개혁하고 기성 정치인들에게 경종을 울리겠다며 출마한 20대 젊은 청년의 순수한 열정을 시민들이 알았을까?

10,835표!

실로 엄청난 기적이 일어난 것이다. 나는 20대에 처음 국회의원 선거에 나와 10,835명의 소중한 사람들에게 내 마음을 전하는데 성공했다. 이후 지도 교수님과도 화해하고 다시 학교에서 논문을 써서 1999년 2월 공학박사 학위를 수여받게 되었다.

나는 2000년에 다시 새천년민주당 후보로 재출마하게 된다. 이 역시 무모한 도전이었지만 굴하지 않고 최선을 다해 뛰었다.

13,351표!

새천년민주당 출신의 영남지역 30, 40대 젊은 후보 가운데 최다 득표였다. 15대, 16대 총선에서 낙선하였지만 나는 포기하지 않았다.

지성(至誠)이면 감천(感天)

도전은 계속 되었다. 17대 총선이 기다리고 있었다.

'지성(至誠)이면 감천(感天)' 이라던가?

부산에서 유일하게 열린우리당 후보로 당선되었다.

"지역주의의 벽을 허물어 주신 위대한 사하(을) 주민여러분의 선택에 무한한 존경심을 표합니다. 정치개혁을 이루고 민생을 살리는 정치인이 되겠습니다."

나의 당선 소감이었다. 정치인은 항상 국민에게 고개를 숙여야 한다. 국민들이 무엇을 원하는지 항상 살펴야 한다. 국민과 소통하지 않는 정치인은 식물정치인이다. 나에게 두 번의 낙선과 두 번의 당선은 많은 것을 가르쳐주었다.

영남지역에서 한나라당이 아닌 정당인으로 정치한다는 것이 얼마나 힘든 일인지는 겪어보지 않은 사람이라면 느끼기 어렵다. 앞서 말한 대로, 대부분 영남의 정치 지망생들은 1년도 버티기 힘들어 서울로 올라가 버린다. 어떤 이들은 차라리 무소속으로 남아 호심탐탐 기회를 엿보기도 한다.

부산에서 정치를 어렵게 하다 보니 때로는 우리당과 일부에서는 '외골수' 로 통한다. 나에게는 분명한 원칙이 있다. 내가가지고 있는 정치철학 중 하나가 열심히 땀 흘리고 노력하는 사

2008년 당선이 확정된 후

람에게 기회를 주어야 한다는 것이다.

별로 열심히 하지 않고 경력이나 배경을 안고 출마하는 이들보단 신념을 가지고 봉사하는 정신으로 정당 활동을 하는 분들이 훨씬 가치 있다. 이러한 원칙을 지켜 나가야 국민들로부터 신뢰를 얻어낼 수 있다고 본다. 그렇기에 나는 원칙을 지키는 '외골수'임에는 틀림이 없다.

3등과 1등

부산에서 유일하게 열린우리당 후보로 당선되었다. 한국정치사상 처음으로 부산에서 지역주의를 극복하는 쾌거를 이룬 것이다. 많은 분들의 축하에 나는 진실된 마음으로 의정활동에 임하겠다고 다짐하였다.

17대 국회의원 선거에서 당선되고 나니 자존심을 건드리는 이야기들이 나왔다. 주로 한나라당 지지층에서 시작되었지만, 우리당 쪽에서도 일부 그런 주장을 하는 이들이 있었다.

"어부지리로 당선되었지 뭐~!"

"한나라당이 표가 갈려서 됐지~"

잘 모르는 일반인들은 그럴 수도 있겠다 싶었지만 정당전문가조차 그런 분석을 하는 것을 보고 안타까운 심정이 들었다.

승리를 폄하하는 가장 큰 이유는 바로 '사촌이 논을 사면 배가 아프다' 는 속담이 잘 대변해주는 것 같다. 어떻게 해서 내가 당선되었는지에 대한 논리적, 과학적 분석을 한 사례는 한번도 없었다. 정치평론가조차도 나의 당선에 대해 잘 모른다. 물론, 그만큼 유명 인사가 아니기 때문일 수도 있다.

사실 나는 총선 전부터 전혀 초조함 없이 시종일관 담담한 마음으로 임했다. 그동안 최선을 다해 왔기 때문에 자신감이 넘쳤다. 이러한 분위기는 그 당시 여론조사에서 드러났고 나의 예측은 그대로 맞아 들어갔다. 3월 25일 SBS여론조사에서 타 후보와 확연한 차이로 앞서 나갔다.

한나라당 최거훈 후보 12.2%, 무소속 박종웅 후보 9.5%, 나는 45.0%였다. 4월 1일 여론조사에서도 최거훈 후보 12.3%, 무

17대 총선당시 각 언론사 여론조사   단위 : %

언론사	날짜 후보	조경태	최거훈	박종웅
KBS	2004년 3월 22일	32.4	10.1	10.2
	2004년 3월 26일	38.1	16.6	12.2
SBS	2004년 3월 25일	45.0	12.2	9.5
국제신문	2004년 4월 1일	42.1	20.4	10.2
부산일보	2004년 4월 1일	37.4	12.3	8.3

소속 박종웅 후보 8.3%, 나는 37.4%로 여전히 압도적이었다. 그 외 기타 여론조사에서도 유사한 결과를 보였다.

이 내용을 아는 이들은 드물다. 선거결과는 항상 후보간의 치열한 경쟁을 통하여 얻어진다. 여기에는 수많은 변수가 있고 당선인은 그 변수들을 극복하고 당선된다. 가장 쉬운 예로 대통령 선거를 들 수 있다. 15대 대통령 선거에서 김대중 대통령이 이회창 후보를 누르고 당선되었다. 그 당시 이인제 후보가 500만 표를 획득하면서 선거판도에 큰 영향을 끼쳤다. 그러나 그 누가 김대중 대통령의 당선을 '어부지리'라 표현하는가!

17대 대선에서 이명박 대통령이 500만 표 이상 차이로 압도적으로 당선되었다. 그 당시 같은 색깔이라 볼 수 있는 이회창 후보가 나왔음에도 불구하고 정동영 후보는 압도적으로 패배하였다. 그들의 논리라면 보수지지층의 표가 확연히 나눠졌는데도, 15대, 16대 개혁세력의 집권을 계승시키지 못했다.

한번은 어떤 이가 나에게 와서 부산의 모구청장후보로 나서겠다고 하였다. 그는 자신감 넘치는 목소리로 이렇게 말하였다.

"이번에 한나라당이 둘로 쪼개졌습니다. 따라서 이번에 승리가 확실합니다."

그의 자신감 섞인 말에 "선배님 혹시나 3등 할 수도 있으니 계획을 잘 세우십시오."라고 말하였다. 나는 직감적으로 3등 할 수도 있겠다는 생각이 들었다. 그는 구청장 후보로 출마했고 한나라당의 표가 나눠졌음에도 불구하고 나의 예상대로 3등을 하였다. 우리 지역과 가까운 서구지역에서는 무소속으로 박찬종 후보가 나오면서 한나라당의 표가 나뉘어졌다. 박찬종 후보는 매우 인지도가 높은 정치인이었고 여론조사에서도 좋은 결과를 보이고 있었다.

선거결과 박찬종 후보가 18.5%의 높은 지지를 얻었음에도 불구하고 한나라당의 유기준의원이 우리당 후보를 10%이상 압도적으로 앞서면서 당선되었다.

이처럼 아무리 선거구도가 좋아도 부산지역에서 한나라당 후보를 누르고 당선되는 것은 매우 어렵다. 아무튼, 무명의 정치지망생이 한나라당 후보와 3선의 현역 국회의원의 틈바구니 속에서 당선되는 영광을 누릴 수 있었다.

이공계 출신 국회의원

나는 이공계 출신 국회의원이라서 그런지 효율적인 정치를 하길 원한다. 국회에서 예산을 심의하다보면 가끔 엉뚱한 사업에 꽤 많은 예산이 투입되는 사례를 보게 된다. 국민들이 내는 혈세를 한 푼이라도 아끼는 마음으로 엄격한 심의와 의결을 해야 함에도 불구하고 잘 실천되지 않는 것 같다.

시대적 상황이 바뀌면 예산집행의 시스템도 바뀌어야 함에도 불구하고 전년도의 관행대로 큰 변화 없이 부처의 예산이 정해진다. 그러다 보니 새로운 시대정신을 반영하여 국가경쟁력을 한층 높일 수 있는 사업임에도 우선순위에 밀려 시도조차 하지 못하는 사례들이 빈번히 발생한다.

예산편성시스템을 자주 바꾸는 것은 자칫 큰 혼란을 가져올 수 있으므로 주의를 요한다. 하지만, 30년~50년 전의 예산 편성 시스템이 그대로 답습되고 있다면 과감한 개혁을 통하여 바꿔줄 필요가 있다.

현재 정부 부처는 각 부처의 예산 확보를 위해 치열한 경쟁을 하고 있다. 국민을 위한 예산 편성이라기보다는 각 부처의 규모 늘리기 경쟁으로 변질될 우려를 보면서 10년 단위 혹은 5년 단위의 예산편성개혁을 해야 한다고 본다.

과거에는 10년이면 강산이 변한다고 하였다. 하지만 요즘은 변화의 속도가 너무 빨라 5년이면 강산이 변한다고 한다. 그만큼 우리는 속도의 시대에 살고 있다. 변화의 시대에 다양한 요구를 수용하기 위해서라도 국가예산은 효율적으로 운영되어야 한다. 그러기 위해서는 각 부처의 수평적 인사가 자유로워야 한다. 특히 간부급 공무원의 인사는 수평적으로 이루어 져야 부처 간 이기주의가 사라질 수 있다.

형식적인 교육이 아니라 실천적인 재교육을 통하여 공무원의 수평적 인사를 도와야 한다. 우리나라 공무원들이 임용시험을 칠 때, 극히 일부 전문분야를 제외하고는 공통시험을 보고 있지 않은가!

따라서 전 부처의 공무원 자질은 거의 비슷하며 전 부처의 업무를 무난히 잘 수행할 수 있다고 본다. 부처간의 이기주의는 국가전체로 볼 때 극히 비효율적으로 흐를 수 있으며 그만큼 국가예산의 낭비로 이어진다. 해마다 발생하는 이러한 예산낭비를 막아 국민들에게 되돌려 준다면 국민의 삶은 아주 빠른 속도로 개선될것이다.

국회에서의 비효율적 모습은 여야 국회운영에서도 나타난다. 우리 국민 만큼 고학력 유권자는 전 세계 어디에도 없다. 국민들이 바라는 올바른 정치인상은 무엇일까? 아마도 나라를 더 잘살게 하고 소모적인 갈등으로부터 국민을 해방시켜 모두 더불어 행복하게 살 수 있도록 하는 정치인일 것이다. 다소 서로가 맞지 않더라도 대화와 타협을 통해 한걸음씩이라도 진보해 나가는 것이 국민을 위한 자세이다.

요즘 국회를 보면 한 발짝도 나가지 못하는 상황들이 가끔 벌어져 국민들에게 안타까움을 준다. 자신의 정당과 지지층의 요구가 복잡하게 얽혀있어 100% 만족할 만한 대안을 찾는 것이 어려워 보이지만 서로 조금씩 양보한다면 최적의 안은 나올 수 있을 것이다.

우리 정치를 한 단계 높여 놓기 위해서는 정쟁의 정치가 아니라 국민생활에 도움 되는 정치를 해야 한다.

아직까지 우리나라 정치는 군더더기가 너무 많다. 그리고 국민들에게 가르치려고 한다. 이미 우리 국민들은 선진국 수준으로 매우 높은 의식을 지니고 있음에도 정치인들은 이를 잘 모르는 것 같다.

청년회의소와 국어사전 한권

어렸을 적부터 나의 꿈은 정치인이 아닌 자선 사업가였다. 아내에게 프러포즈를 하고 결혼을 앞둔 1995년 어느 날, 여느 때와 마찬가지로 버스를 타고 함께 돌아오던 차 안에서 이런 말을 한 적이 있다.

"미숙아, 나는 교수가 되든지 직장생활을 하던지 한 후에 나

초등학교 졸업식

이 들면 남을 돕는 자선사업가가 되고 싶다."

누구나가 유년시절 한번쯤 힘든 과정을 겪는다. 그들 가운데 사회가 조금만 손을 내밀어주고, 도와주더라도 훌륭하게 성장할 수 있는 인재들이 많다. 나 역시 초등학교 졸업식 때 한국청년회의소(JC)로부터 받은 장학금이 큰 힘이 되었다. 그 당시 부상으로 받은 국어사전 한 권은 수십 년이 지난 지금도 소중하게 간직하고 있다.

누군가의 도움을 받아 꿈을 이루게 된다면 그는 사회를 위해 더 많은 일들을 할 수 있다. 영국의 정치가이며 인문주의자인 토머스 모어(1478~1535)의 정치적 공상소설인 「유토피아(Utopia)」는 단지 이상향이 아닌 우리 스스로가 가꾸어 나가서 완성시켜내어야 하는 현실세계라 본다. 인간은 끊임없이 더 나은 세상을 꿈꾸며 행복해지기를 원한다.

아직도 전 세계가 빈곤과 갈등, 테러와 전쟁으로 분열되어 있다. 소위 선진국으로 분류되는 나라들은 너무나 풍요로워 넘쳐 흐르고, 빈곤국가의 아동들은 한해 1400만 명 이상이 기근에 허덕이고 있다고 한다. 세계의 불균형 속에서 인간의 욕심은 끝이 없다. 세계는 인류 공동체의 인식을 통하여 함께 변화, 발전해야 한다.

미국의 가수이자 인권운동가인 해리 벨라폰테가 기획하고 라이오넬 리치가 작곡한 'WE ARE THE WORLD' 처럼 우리인류는 하나이다.

나는 이 가치를 실천하고 싶다. 머지않은 미래에 당당하게 나의 꿈을 위해 실천하는 모습을 상상해 본다. 명망가, 재력가보다 힘든 사람을 도우면서 더불어 살아가는 공동체의식과 봉사 정신이 있는 사람들을 우리 사회가 필요로 한다.

노무현과 나

노무현 후보 선거운동원이었던 나

1988년 4월 부산 동구!

제 13대 국회의원선거운동이 한창이었다. 대학3학년이던 나는 노무현 후보를 위해 불법선거감시단 위원으로 활동하였다. 한번 본 적도 없었지만 인권변호사로서 많은 노동자들의 인권을 대변해 주었던 노무현 후보를 당선시켜야 된다는 마음으로 자원봉사자에 지원하였다. 상대후보는 5공 쿠데타의 주역 중 한명이었던 허삼수씨였다. 당시에는 불법선거가 성행한지라 선거가 막바지로 갈수록 치열해졌으며 긴장감은 더욱 고조되었다.

나는 개표 당일 저녁부터 부산고등학교 운동장에서 연좌농성을 하며 불법적인 개표가 발생하지 않도록 감시하였다.

학교주변에는 매트리스가 깔려 있었고, 전경들이 배치되어 긴장감은 극에 달했다. 우리는 운동장에 그대로 앉아서 꼬박 밤을 새우면서 개표결과를 지켜보았다. 긴 밤이 지나고 동이 틀 무렵 노무현 후보의 승리소식을 현장에서 직접 접한 후의 느낌이란 말로 표현할 수 없을 만큼 기뻤다. 잠시후 노무현 당선인과 김광일 변호사가 모습을 드러냈다.

"여러분 수고 하셨습니다."

이말 한마디에 그동안의 피로가 싹 가셨다. 이렇게 우리는 처음 만났다.

이후 일상으로 돌아온 나는 학업에 전념했다. 열심히 전공공부를 하면서 그렇게 시간이 흘러갔다. 정치인 노무현과의 두 번째 인연은 1996년 2월 어느 겨울이었다. 29살 젊은 나이에 국회의원선거에 출마하기 위해 김정길 전의원을 찾아갔다.

"집에 아버지 뭐 하시노?"

"노동일 하십니다."

"자신 있나?"

"자신 있습니다."

"정치는 와 할라꼬 그라노?"

출마이유를 설명 드렸더니 참으로 어려운 결정했다고 하시며 최선을 다해 승리한다는 각오로 싸워 줄 것을 주문하셨다. 면담을 마친 며칠 후 김정길 전의원님과 서울사무소로 향했다.

김정길 전의원이 어디론가 전화를 걸었다.

"노의원, 여기 쓸만한 청년이 하나 있는데 공천해서 내보냅시다."

바로 노무현 전대통령과의 통화라는 것을 직감할 수 있었다. 그 당시 노무현 전대통령께서는 지역주의 청산 등 정치개혁을 위해 제정구, 이철, 유인태, 김정길 등 소장파 정치인들과 외롭고 힘든 싸움을 하고 있었다.

이렇게 1996년 4월 총선에 처음 출마하면서 현실정치 세계와 인연을 맺었다. 낙선한 이후 '일요회' 라는 작은 모임이 결성되었는데 그 모임에는 영남지역에서 지역주의와 싸우다가 낙선한 사람들이 참석하였다.

당시 1999년 국민회의 부총재로 계시던 노무현 의원은 부산, 경남, 울산지방의 지역경제를 살리기 위한 기획으로 동남발전특별위원회를 구성하셨다. 몇 개월 동안 부산에 있던 사무실에 매일같이 출근하시며 부산발전과 관련된 정책개발을 하셨다.

그러나 2000년 제16대 총선에서 또다시 낙선의 아픔을 함께 겪으며 큰 시련에 빠지셨다. 나 역시 연거푸 총선에서 패배했기 때문에 힘든 시간을 보내야 했지만 대통령께서는 더 많은 상심을 하셨을 것이다. 각종 여론조사에서 앞서 나갔기 때문에 총선에서의 패배는 가슴이 아팠다. 16대 총선의 패배가 있은 후의 어느 날 일요회 모임에서 노무현 전대통령께서 대권출마를 선언하셨다.

"여러분 내가 우리나라를 위해 큰 결심을 하게 되었습니다."

우리는 이미 그를 도울 결심이 있었기에 한마음이 되어 최선을 다할 각오를 다졌다. 그때부터 나는 정치인 노무현을 알리기 위해 가까운 지인들부터 포섭(?)하기 시작했다. 처음의 반응은 모두 부정적이었다.

"뭐라꼬?"

"안된다!"

"네 하는 일만 열심히 해라"

나는 굴하지 않았다. 지금의 노사모처럼 꼭 된다는 신념으로 열심히 뛰었다.

2001년 초봄 쯤으로 기억한다. 노무현 전대통령께서 해양수

산부장관을 하실 즈음의 일이다. 당시 부산지역 새천년민주당 소속 원외지구당 위원장들과의 만찬 자리에서 갑자기 이런 말씀을 하셨다.

"조경태 위원장은 다음 총선에서 됩니다."

"조위원장은 늦은 겨울에 정치에 들어왔기 때문에 곧 봄이 찾아 올 겁니다."

좀처럼 남을 평가하지 않는 분의 말씀이었기에 그 당시 참석했던 위원장들은 어리둥절해 하면서도 나에게 축하를 해 주었다.

"오늘은 조경태위원장 날이군."

"조위원장 소주한잔 사게."

곧은길에는 미래가 있다

2001년부터 대권레이스에 서서히 불이 붙기 시작하면서, 부산지역에도 많은 변화가 일기 시작하였다. 처음에는 부산지역에서 만큼은 노무현 후보에게 압도적인 지지가 예상되었지만, 실제로는 동래구의 노재철 위원장과 사하(을)구인 나 정도밖에 없었다.

그 당시 서울을 비롯한 전국적인 분위기는 이인제 후보가 압도적이었다. 각종 여론조사에서도 여권후보로는 타 후보를 월등히 앞서 있었기 때문에 이인제 대세론이 굳혀지는 듯 했다.

2002년 1월 어느 주간지의 여론조사 결과는 충격적이었다. 현역의원을 포함한 227개 지구당 위원장을 상대로 한 여론조사에서 노무현 후보를 지지한 사람이 7명밖에 되지 않았던 것이다. 물론 현역 국회의원은 단 한명도 없었다. 당내 지지를 제대로 받지 못한 후보를 지지한다는 것은 현실정치에서 매우 힘든 상황이었다. 하지만 그 분의 정치개혁에 대한 신념과 나의 생각이 같았기 때문에 굴하지 않고 묵묵히 도왔다.

2002년 2월경, '곧은 길에는 미래가 있다' 는 제목으로 한광옥 전 새천년민주당 대표께서 책을 출간하셨다. 성대한 출판기념회를 마치고 난 후 모 식당에서 의원들 그리고 원외지구당위원장들이 모여 만찬을 갖게 되었는데, 그때 모인 많은 사람들이 이인제 후보와 가까운 쪽으로 보였다. 연단 앞에서는 짜여진 각본대로 묵시적인 단합을 위하는 인사말과 건배 제의가 이어졌다.

나는 손을 번쩍 들어 발언권을 달라고 요청했다. 잘 짜여진 각본에는 없던 터라 사회자가 당황하는 눈빛이 역력했다. 그 당시 쟁쟁한 중진급 의원들도 많았고 타 후보의 지지성향이 강한 사람들이 주로 모였기 때문에 다소 위축될 수 있는 상황이었다.

하지만 연단 앞으로 당당히 걸어 나가면서 의사권을 정중히 요청하였다.

"오늘 저는 좋은 말씀을 한 가지 얻고 갑니다. '곧은 길에는 미래가 있다' 이 책제목이 참 마음에 듭니다. 하지만, 여러분 이 말은 '곧지 않은 길에는 미래가 없다'는 말이기도 합니다. 저는 오늘 참석하신 여러분들이 곧지 않은 길을 가지 않으시길 바랍니다."

순간 행사장 분위기는 그전 화기애애했던 것과는 달리 찬물을 끼얹진 듯이 정적이 흐르는 것을 느꼈다. 정치적 대선배님들 앞에서 담담하게 일성하고 돌아오니 약간 긴장한 탓인지 다리가 풀렸다. 적진에서 싸운다는 것이 얼마나 피곤하고 힘든 일인가!

"조위원장, 잘 했어."

누군가의 목소리가 들려왔다.

2002년 3월 경선이 다가올수록 주변사람들이 흔들리기 시작하였다.

"제발 도와주십시오!"

한사람이라도 노무현 후보의 지지로 돌리기 위해 안간힘을 썼다. 2002년 4월 경남경선에서 이인제 후보를 누르고 기쁜 마음으로 집으로 돌아가는 중 한통의 전화를 받았다.

"조위원장님 수고하셨습니다."

노무현 후보였다.

"저야 뭐 당연히 해야 할 일 아닙니까? 끝까지 힘내십시오!"

오히려 후보의 건강을 염려하며 격려하는 당돌함(?)을 보였다. 2002년 4월 27일 노풍을 일으키며 극적인 승리를 이룬 노전 대통령은 이후에도 몇 차례 고비를 맞게 되었다.

그해 4월 30일, 김영삼 전대통령을 방문할 때 일어난 소위 'YS시계사건'으로 인하여 급격한 인기하락이 시작되었다. 그리고 6월 지방선거의 전국완패! 인기는 더욱 추락하였다. 엎친데 덮친 격으로 8월 8일 국회의원 보궐선거에서도 참담한 패배가 이어졌다.

급기야 당내에서는 책임론까지 거론되기 시작하였다. 후단협(후보단일화협의회)라는 모임이 결성되었고 후보사퇴압력이 극에 달했다.

안의원님, 당신이나 똑바로 하시오!

2002년 8월 16일 전국 지구당 위원장 및 국회의원 연석회의가 열렸다. 전국의 위원장과 국회의원들이 모여 지방선거 및 보궐선거 참패와 당내 분위기 쇄신에 관하여 서로의 의견을 나누

2002년 8월 지구당위원장 연석회의
노무현 후보 사퇴 주장에 맞서 강력하게 항의하는 모습

기 위한 자리였다. 하지만 그 이면에는 조직적으로 노무현 후보의 사퇴를 주장하기 위한 목적이 깔려 있었다.

민주당 당사 내 지하 대강당에 모여 앉았다. 앞좌석에는 한화갑 대표와 노무현 후보가 나란히 참석자들과 마주 앉아 있었다. 국민의례를 하고 사회자가 이야기를 하려는 순간, 안동선 최고위원이 손을 들고 의사진행발언을 요구하였다. 뭔가 좋지 않은 느낌이 와서 손을 들고 말했다.

"저도 발언할 것이 많으니 프로그램대로 하고 기타토의 때 합시다."

그렇게 시간이 흘러갔다. 박상천 의원이 정치개혁에 대한 발언을 하고 난 뒤에 다시 안동선 의원이 일어나 발언을 재차 요구하였다. 그러자 주변에서는 기다렸다는 듯이 발언기회를 주라는 말이 터져 나왔다.

안동선 최고위원이 나와 발언하기 시작하였다.

거친 표현으로 대통령후보의 책임론을 거론하면서 "6.13지방선거 패배! 8.8보궐선거패배! '사기정당'이니, '책임져야하느니……"하면서 원색적으로 노무현 후보를 비판하였다. 노후보의 '선 후보사퇴, 후 재임'을 요구해 왔던 안최고위원은 권노갑 최고위원 등 당시 실세를 이룬 주류 측과 매우 가까웠기 때문에 회의장 내 분위기는 쥐 죽은 듯 조용하기만 하였다.

앞에 마주 앉아 있던 노후보의 표정이 붉어져 있었지만 아무도 나서지 않았다. 당 대선 후보로 뽑은 사람을 밀어주지는 못할망정 이게 무슨 망언인가. 그 이후에 몇 명이 더 발언하면 분위기가 완전히 후보사퇴론 쪽으로 넘어갈 것 같았다. 다선이자 실세였던 중진의원의 후보 사퇴발언에 아무도 제지하는 사람이 없었다. 소위 친노 그룹이라는 사람들조차도 묵묵히 침묵을 지키고 있었다.

재차 내가 일어나서 외쳤다.

"안의원님, 당신이나 똑바로 하시오! 사기정당에 왜있어, 사기정당에 있지 말고 당신이나 나가시오!"

내가 강하게 반발하며 앞쪽으로 뛰쳐나가려 하니 몇몇 당직자가 나를 말렸다. 그때서야 어디선가 "마이크 꺼! 마이크 꺼!" 하는 소리가 들렸고, 그제야 가만히 있던 의원 몇 분도 지원사격을 해 주었다. 그날 이후, 안동선 의원은 탈당하고 말았다. 2주 후에 노후보로부터 고맙다는 전화가 왔다.

"조위원장, 고맙습니다."

"아닙니다. 힘내십시오!"

그리고 대통령께서는 사하(을) 지역은 자신이 꼭 지켜주겠노라 약속을 하셨다. 그 후에도 정몽준 후보와의 단일화 문제 등 많은 역경을 스스로 이겨내셨다.

2002년 12월 19일!

드디어 당신께서 꿈꾸던 대통령 선거에서 대망의 승리를 일구어 내셨다.

열심히 땀 흘리는 사람이 잘 사는 세상

이후 몇 차례 청와대에 참석하는 영광(?)을 누렸지만 그 기쁨도 잠시였다. 내가 출마 하려던 지역에 갑자기 총장 출신의 후보가 거론되기 시작하였다. 그분은 인격적으로 훌륭하시지만 현실 정치에는 전혀 모습을 보이지 않은 분이었다.

'토사구팽' 이라는 단어가 갑자기 나의 뇌리를 스쳐갔다. 노무현 대통령 만들기에 혼신의 노력을 다한 사람을 외면하고, 다 차린 밥상을 고양이가 덮치려는 격이었다. 나는 분노와 동시에 심한 배신감을 느꼈다. 열린우리당 창당을 위한 모임에서 나는 지도부 앞에 나아가서 이렇게 외쳤다.

"부끄럽지 않습니까?"

"열심히 당을 위해 고생한 사람들을 이렇게 팽개치는 법이 어디 있습니까?"

"이럴 거면 차라리 당을 만들지 마십시오!"

나는 당직자들의 손에 끌려 나가면서까지 소리쳤다. 정동영 의원과 이종걸의원이 나에게 와서 위로의 말을 건넸다.

"선배님들도 잘 하십시오. 이게 정의입니까? 이게 개혁입니까?"

나는 어쩌면 후보가 되지 못하는 위기상황에서도 단 한 번도 노무현대통령께 전화를 걸지 않았다. 다만 그 측근 중 한사람에게 이렇게 말하였다.

"선배님, 중립에 서 주십시오."

"그 이상도 바라지 않습니다."

사실상 이미 중립은 될 수 없었다. 나와 경쟁하는 후보는 대학총장 출신에다 열린우리당 공동의장이라는 직함까지 가진 거대한 골리앗이었기 때문이었다. 매일 경쟁자의 이름이 중앙 방송에서 오르내리고 지면을 차지했다. 반면에 나의 지명도는 초라하기 그지없었다. 지역주의 타파를 위해 청춘을 바친 나에게, 아무도 제대로 봐 주지 않을 때 노무현 후보를 지켰던 나에게 큰 슬픔과 절망을 안겨다 주었다.

"열심히 땀 흘리는 사람이 잘 사는 세상"

이것이 나와 노무현 대통령이 꿈꾸던 가치였다. 내가 노무현 대통령을 도왔던 것은 나와 그의 정치적 유토피아가 같았기 때문이다. 그렇기에 돈이나 배경 없이 지역주의에 맞서 싸워나갈 수 있었다. 가난하고 힘없는 사람들을 대변하는 대변인이 되고 싶었기에 나는 포기할 수 없었다. 정치인 노무현이 갖은 굴곡을 견뎌왔듯, 나 또한 묵묵히 이 악물고 현실과 싸워나갔다.

주변에서 적당히 회유 하려고도 하였다. 그러나 나는 단호히 거절하였다. 세속적으로 변하는 그들의 모습을 보면서 허탈감에 빠졌다.

"아 ~ 많이들 변했구나. 권력이 뭔지……."

더 이상 그들에게서 힘들었을 때의 동지의 모습과 순수함을 찾아볼 수 없었다. 사하(을) 후보 여론조사에서 나는 근소한 차이였지만 앞서 나갔던 것 같다. 당에서는 우리지역을 경선지역으로 결정하였지만, 며칠 후 경쟁후보가 일신상의 이유로 경선포기를 선언하였다. 본선만큼이나 어려웠던 경선은 천신만고 끝에 마무리지게 되었다. 그 과정은 한편의 드라마 같았다.

조경태 학습관을 하나 세워야 해

2004년 4월 총선에서 나는 승리하였다. 부산에서 유일하게 열린우리당으로 당선된 영광까지 누리게 되었다. '사필귀정'

당선되고 났을 때, 떠오른 사자성어였다.

총선에서 승리한 그 다음날 한통의 전화가 왔다.

"수고하셨습니다. 축하합니다." 노대통령의 음성이었다.

"고맙습니다." 담담하게 대답하였다.

"앞으로 많이 외롭겠습니다."

"항상 그래왔듯이 잘 하겠습니다"

대통령께서는 당내 비주류로 오랫동안 계셨기 때문에 내가 들어가더라도 비주류로써 외로울 거라는 염려를 해 주셨다. 그분의 예측대로 나는 당내에서 외로운 비주류 의정활동을 하게 되었다. 당내의 주류는 특정지역을 기반으로 활발한 활동을 하였지만 지역주의 타파를 위한 고민은 거의 하지 않았다.

당선되고 얼마 후, 청와대를 방문하였다.

"다시 한 번 축하하오."

"고맙습니다."

"야 대단하네! 역시 조위원장은 다르네."

"대통령께서 몇 년 전에 예언해 주시지 않으셨습니까?"

"내가 그랬나?"

"해수부장관시절에 오셔서 그런 말씀을 해주셨습니다."

"조경태 학습관을 하나 세워야 해"

그 당시 탄핵에 대한 족쇄가 풀리기 전이었다. 하지만 매우 밝은 표정의 모습이 지금도 눈에 선하다.

나는 당돌한 지지자였다.

　이후 청와대와 당에서 여러 가지 불협화음이 오고 가게 되면서 정부정책도 국민들과 제대로 소통이 되지 않게 되었다. 성공한 대통령으로 만들어야 된다는 일념으로 그 이후에도 몇 차례 더 방문하여 쓴 소리도 마다하지 않았다.

　그 중 가장 대표적인 것이 부동산 정책이었다.

　급기야 한명숙 총리 시절에는 대정부질의에서 한 총리를 상대로 정부의 부동산정책을 신랄하게 비판하였다. 아마도 여당의 국회의원이 국무총리를 매몰차게 비판하기는 쉽지 않은 장면이었다.

　"강남에 집을 소유한 장관들은 당장 집을 파시오!"

　폭등하는 부동산을 바로 잡기 위해서는 고위관료와 청와대 공직자들이 모범을 보여야 함에도 불구하고 그런 노력이 보이지 않기 때문이었다. 이후 양극화문제, 재래시장 문제 등 국민들과 제대로 소통되지 못한 부분에 대한 의견을 제시하였다. 나는 참여정부의 성공을 누구보다도 바랐던 사람이었고 그러기위해서는 정부가 국민의 목소리를 겸허한 자세로 듣기를 원했다.

나는 노무현 대통령의 성공을 위해 쓴 소리로 마다하지 않았다. 1988년 이후 노무현대통령과의 수십 년간의 인연을 가지면서도 때로는 당당하게 주장을 굽히지 않았다. 그런 나의 소신 덕분인지 여러 차례 나에게 "고맙다"는 말씀을 주셨다. 항상 고비 때마다 함께 한 것이 큰 힘이 되었는지도 모른다.

'열심히 땀 흘리는 사람이 대접받는 사회를 만들자' 는 나의 신념이 노대통령의 신념과 일치한 것이었다.

나는 이런 가치를 지향하는 정치인 노무현을 좋아했던 것이지 단순히 시류에 편승하여 대통령 노무현을 좋아한 것은 아니었다.

사실 나는 대통령님께서 봤을 때는 당돌한(?) 지지자였다. 겉으로 외치는 지지자가 아니라 성공한 정치인으로 만들고 싶은 지지자였다. 참여정부동안 대통령께서는 한나라당과의 대연정, 이라크 파병과 한미FTA 등의 몇 가지 사안 때문에 진보진영으로부터 큰 곤혹을 치르셨다. 당내 의원들조차도 비판의 대열에 있었지만, 나는 힘을 실어 드리려고 노력하였다.

특히 이라크 파병과 한미FTA는 아마도 국익을 위해 매우 고심하고 내린 결론일거라고 믿었기 때문에 (나 자신의 생각과는

봉하마을에서

반대로)찬성표를 던졌다. 대연정 문제로 인하여 대통령께서는 한 번 더 큰 곤혹을 치르게 되었다.

"어떻게 잡은 정권인데 한나라당과 대연정을 하느냐?"는 식의 비판이 주류를 이뤘다. 나는 부산에서 정치를 해왔기 때문에 왜 그런 제안을 했는지 잘 알고 있었다.

"지역주의 타파" 이는 평생 정치를 하시면서 풀고자 했던 과제였다. 호남에서 몇 석 잃더라도 전국정당을 만들어야 한다고 항상 말씀하셨다. 정치는 여야가 없으면 의미가 없으며 정치 발전에 큰 걸림돌이 될 것이라는 말씀을 하셨다. 판을 크게 흔들어서 과거 3김 시대 이전의 정치로 돌아가야 한다는 신념을 보여 주셨다. 하지만, 기존의 기득권을 가진 정치권이 이를 용납할 리가 없었다. 그들은 우선 편한 지금의 제도와 환경을 고수하려 하였다.

대연정에 대한 정확한 마음을 제대로 읽지 못한 정치권은 노무현 전대통령을 곤혹스럽게 만들었다. 아마도 당내에서 대연정의 뜻을 제대로 이해한 의원들은 손가락으로 꼽을 정도로 극소수였을 것이다.

"국가균형발전" 참여정부의 중요한 국정철학 중 하나였다. 역대 대통령 가운데 균형발전의 정신을 가진 첫 대통령이셨다.

이 역시 재임기간 내내 많은 논란과 우려가 끊이지 않았다. 국가균형발전의 모델은 선진국형 모델을 뜻함에도 무지한 행정 관료들과 지식인들 그리고 서울을 기반으로 하는 기득권층에서 지속적으로 폄하하였고 반대하였다.

물론 어떤 정책에 대해 무조건 찬성하는 것도 문제가 있을 수 있다. 하지만 대안 없이 무조건 반대하는 것 또한 민주적 의식이 결여된 것이라 생각했다.

'왜 그런 정책이 나와야 했는가?'

'무엇이 문제여서 균형발전이란 용어가 선택되었는가?'

하는 부분에 대해 고민하고 취지를 훼손시키지 않아야 함에도 불구하고 무조건 반대하는 모습은 마치 생각 없는 조각품과도 같아보였다.

국가균형발전이라는 과제 역시 미완으로 남았다. 선진국으로 가기 위해서는 반드시 풀어야 할 과제이다. 우리 국민들은 대다수가 선진국으로 가길 원한다. 하지만 때때로 선진국에서 실천하고 있는 여러 가지 법과 제도에 대해서는 거부감을 가지는 이중적인 모습을 보이기도 한다. 대표적인 사례가 국가균형발전에 대한 인식이 그러하다.

우리는 더불어 잘 사는 사회가 선진국형 모델임을 잊어서는 안 됨에도 불구하고, 일부 보수 언론과 보수단체, 그리고 보수 지식인들의 논리에 매몰되는 어리석음을 범하기도 한다.

노무현 전대통령님 서거

권불오년이라 했던가? 세월은 빠른 속도로 흘러 참여정부 임기는 끝이 나고 대통령께서는 고향으로 돌아오셨다. 이후 나는 몇 차례 더 봉하마을에 방문하여 대통령님의 문안을 여쭈었다.

방문할 때마다 항상 신념에 가득 차 계셨던 대통령이셨기에 최근의 일들도 잘 극복하시리라 생각하고 있었다. 그 당시만 해도 '지금은 가까이에 계시는 분들이 많으니까 조용해지면 소주 한 병 사들고 가서 문안을 드려야겠다.' 고 마음먹고 있었다.

2009년 5월23일! 한통의 전화가 걸러 왔다.

"대통령께서 신변에 문제가 생긴 것 같다." 노재철위원장의 당황하는 목소리였다. 설마! 그 강직한 분이……. TV를 켜고 예의 주시하면서 촉각을 세웠다.

"노무현 전대통령 서거"

청천벽력 같은 소식을 듣는 순간 멍해졌다.

너무 슬프면 눈물이 나오지 않는다고 했던가! 그냥 믿기지 않는 현실에 망연자실하였다. 봉하마을 회관에 안치된 빈소에서 오열하는 가족들을 보니 그제야 돌아가셨다는 사실이 받아들여졌다. 참으로 통탄하고 비통한 마음뿐이다.

5월29일 경복궁 영결식장!

자꾸 당신의 초상화가 나의 눈에 들어왔다. 그동안 애써 참아왔던 눈물이 눈물샘을 통해 나왔다. 손수건으로 닦아도 눈물은 메마르지 않고 자꾸 나왔다. 그분의 죽음에 대한 안타까움과 형언할 수 없는 아쉬움이 남았다. 그리고 많은 과제를 안겨다 주고 홀쩍 떠나셨다.

많은 국민들은 지금 노무현 대통령님의 서거를 애도하고 있다. 수백만 명의 국민들이 조문을 하였다. 그들은 진심으로 슬퍼하였으며 조문객이 아니라 상주의 심정으로 통곡하여 그 분을 떠나 보내드렸다.

새봄을 기다리며

"추운 겨울이 지나면 따뜻한 새봄이 오듯이 이번에는 반드시 좋은 결과가 나올 거야"

이 말은 얼마 전 눈물로 보내야만 했던 그 분이 8년 전 내게 하신 말이다. 두 번의 낙선을 겪고 난 후 세 번째 도전에 나섰던 나를 위로하며 했던 이 말은 결국 나를 국회에 입성하게 만든 마력의 언어가 된 셈이다.

지금 그 분은 가셨다.

어느 봄 날, 예고 없이 날아 든 부고는 나를 망연자실하게 했고, 그 여파가 이 글을 적고 있는 이 순간까지도 나를 괴롭히고 있다.

아! 비통하고 애석한 마음 그지없다. 대통령께서 손녀와 자전거를 타시던 모습은 지워지지 않는다. 그 장면을 볼 때마다 가슴이 아프다.

어찌 소중한 가족들을 버리고 가셨습니까?

저를 꾸짖으시던 그 당당함은 어디로 가셨습니까?

결코 그렇게 보내서는 안 될 분이셨다. 그러나 어쩌겠는가. 그 분은 내 곁을 떠났고 나는 지금 살아 있질 않는가. 내가 그 분을 만난 것은 1988년 대학생 시절 그 분 밑에서 자원봉사를 하면서부터 시작되었다. 지금 생각하니 이 또한 '운명'이다. 그와의 만남, 그리고 시작된 정치는 지금 나의 생존에 대한 가치, 그 자체다. 때로는 미워도 했었다.

아니 원망도 했었다. 그러나 이제 우리는 그를 보내야 한다. 그리고 그가 남긴 짐은 우리가 지고가야 한다.

아, 벌써 그가 그립다.
사람 같은 사람이 없어 대 낮에도 등불을 들고 다녔다는 디오게네스의 등불이 그립다. 그 분을 지켜주지 못해 가슴이 무너져 내린다.
아, 나는 믿는다.
비록 그는 떠나갔지만 그는 남아 있음을 감히 믿고 싶다.
그의 죽음이 또 다른 변화의 새벽을 불러올 것이라고.

2장

의정활동

쇠고기 청문회에서 송곳질문하는 모습

값싸고 질 좋은 쇠고기 있습니까?

　재선의 기쁨을 누리고 있던 나에게 의정활동에서 빼놓을 수
없는 일이 벌어졌다. 갑자기 정부에서 월령제한 없이 미국산 쇠
고기 수입 개방을 허용한 것이었다. 쇠고기 수입의 전면개방에
대한 국민의 반대목소리가 높아지고 국민들은 하나, 둘씩 서울
광장으로 모여 들기 시작하였다. 그리고 기존의 시위방식과는
달리 손에 촛불을 들고 평화적인 방식으로 의사를 전달하고자
노력하였다.

　2008년 5월 7일!

　국회 농림해양수산위원회에서는 국가의 보호의무 위반과
위헌성, 검역주권을 포기한 정부에 대해 '쇠고기 시장 전면개

방 진상규명 및 대책 마련을 위한 청문회'를 개최하였다.

청문회에 참석한 많은 여야의원들이 준비한 질의서를 중심으로 신랄하게 정부정책을 비판하였다. 나 역시 건강주권을 지켜나가기 위한 국민들의 염원을 담아 잘못된 정부의 쇠고기 협상을 지적하였다.

청문회가 끝나고 나니 많은 국민들의 격려와 응원의 메시지가 쏟아졌다. 국회의원으로서 당연한 일을 했다고 생각한 나로서는 갈수록 뜨거워지는 국민들의 성원에 무거운 책임감마저 들었다.

> 조경태 "값싸고 질 좋은 쇠고기 있습니까"
> 조경태 "헌법 제36조에 의하면, 모든 국민은 보건에 관하여
> 국가의 보호를 받는다"

청문회 스타! 각 언론에서는 나를 청문회 스타로 부르기 시작하였다. 헤아릴 수 없을 만큼 많은 사람들이 나를 격려하였고 인터넷에서는 나의 청문회 동영상이 급속도로 전파되었다. 특히, 많은 젊은이들과 학생, 주부들이 관심을 가지고 뜻을 함께하였다.

촛불집회에 참석하였을 때의 일이다. 수많은 시민들이 나를 알아보곤 밝은 표정으로 나를 맞이해 주셨다. 사인을 받고, 사진도 함께 찍고, 함께 노상에 앉아 토론도 하고……

20년 만에 탄생한 '청문회 스타', 조경태

"20년의 시차를 건너뛴 두 '청문회 스타' 사이엔 묘한 인연이 있다. 2002년 대선 당시 조 의원이 노 전 대통령의 정책보좌역으로 활동한 것. 둘 다 경남 출신으로 부산에서 정치를 시작한 점도 공통적이다. 조 의원은 2004년 총선에서 열린우리당 후보로 유일하게 부산(사하을)에서 당선됐으며 지난 4·9총선에서도 지역감정을 극복하고 재선에 성공했다." (세계일보 2008. 5. 7)

1988 '노간지' vs 2008 '조포스' … 역시

1988 국회5공 청문회 시절 노무현 前 대통령 이후 20년 만에 청문회 스타 탄생

(네이션코리아 2008. 5. 7)

'쇠고기 청문회 스타' 조경태 의원에 네티즌 격려 쇄도

(소비자가 만드는 신문 2008. 5.7)

조경태 '호통', 청문회 스타탄생 예감

정부 말 바꾸기 조목조목 지적…장관 '쩔쩔' 시민들 '환호'

(미디어오늘 2008.5.7)

"값 싸고 질 좋은 쇠고기가 있나?" (MBC 2008. 5. 7)

조경태, "값싸고 질 좋은 쇠고기 있습니까?" (YTN 2008.5.7)

장관 사퇴 주장, 조경태…청문회 스타로 부상 (경제투데이 2008.5.7)

'쇠고기 청문회' 스타와 어록 (부산일보 2008. 5. 8)

송곳 질문 조경태 의원 청문회 스타

7일 국회 쇠고기 청문회는 정부 관계자들을 향한 통합민주당 조경태 의원
의 불호령으로 쩌렁쩌렁했다. 그 장면을 지켜본 누리꾼들은 "속이 다 시원
하다."며 조 의원의 활약상을 인터넷 동영상으로 분주히 실어날라 '청문회
스타'를 예고했다. 1988년 5공 비리 청문회 스타였던 노무현 전 대통령에
빗대 '제2의 노무현'이라는 비유도 회자됐다. (서울신문 2008. 5.8)

이처럼 영광스럽게도 언론과 국민들이 헌정사상 두 번째 청
문회 스타의원으로 표현해 주었다. 공교롭게도 한분은 고 노무
현 전대통령이시다.

그 당시 참여했던 많은 젊은이들이 미니홈피(싸이월드)의 일촌으로 신
청하여 지금도 함께 생각을 공유하고 있습니다. 그들은 정치 이데올로기
적으로 전혀 관계가 없는 순수한 사람들이었고, 과거 대한민국을 지켜왔
던 독립운동가들 그리고 민주주의를 지켜왔던 양심적인 세력들의 계보
를 잇고 있습니다. 그들은 과격한 투쟁을 선동하는 일부 세력과는 거리가
먼 순수한 사람들입니다. 나는 이 사람들을 존경하고 사랑합니다.

국회의원 조경태

1988년 '5공비리조사특위'의 청문회 활동에서 정주영, 장세동 씨 등에 대한 증인 신문에서 핵심을 찌르는 질문과 날카로운 추궁을 보여줌으로써 일약 청문회 스타로 부각되었다. 주변에서는 노무현대통령과 나의 정치행보는 많은 부분 '닮은꼴'이라고 한다.

미국산 쇠고기 수입 반대 기자회견하는 모습

촛불과 쇠고기

쇠고기 문제는 촛불집회를 낳았다. 아직까지 다수의 국민들은 촛불집회의 평화적 시위를 기억한다. 하지만, 보수와 진보의 미묘한 시각차이로 인하여 많은 부분이 왜곡되고 훼손된 듯 하

국민의 건강은 협상의 대상이 아닙니다.

존경하는 국회의장님, 선배 동료의원 여러분. 부산 사하을 국회의원 조경태 인사드리겠습니다.

17대 국회가 이제 얼마 남지 않았습니다. 4년전 우리가 이 자리에 서서 진정 국민을 위한 정치를 하겠다고 함께 다짐했던 것을 저는 기억합니다. 지난 4년이 이러한 우리의 약속에 충실했던 4년이었는지 다 같이 생각해보았으면 합니다.

지금 온 국민의 눈과 귀가 우리 국회에 몰려 있습니다. 바로 미국산 쇠고기 개방 문제 때문입니다. 매일같이 촛불집회를 열고 많은 국민이 17대 국회에 건강권을 지켜달라고 우리 국회에 호소하고 있습니다. 우리 국회도 국민의 목소리에 응답해야하지 않겠습니까?

얼마 전 농림해양수산위원회와 통일외교통상위원회에서 청문회가 열렸지만, 청문회 과정을 통해 해소된 의혹은 없고 또 다른 의혹만 증폭되고 있습니다. 미국 농무부 홈페이지에는 쇠고기를 이렇게 정의하고 있습니다.

쇠고기란 무엇인가? 완전히 자란 약 두살짜리 소에서 나온 고기를 말한다.
What is Beef? Beef is meat from full-grown cattle about 2years old.

그렇습니다. 미국 농무부에서조차 2년 이하의 소에서 도축한 고기만을 쇠고기라고 칭하고 있습니다. 그럼 우리정부가 개방해준 30개월 이상의 쇠고기는 무엇입니까? 미국에서 도 쇠고기로 취급받지 못하는 폐기물 아닙니까?

미국 의회도 쇠고기의 안전성과 이번 협상에 대해 청문회를 준비하고 있고, CNN방송에서는 미국의 식품 안전, 특히 쇠고기에 대한 안전성 검사 체계가 붕괴되고 있다고 고발하고 있습니다.

이런 쇠고기가 안전하다고 정부는 15억이 넘는 돈을 광고비로 써가면서 홍보하고, 미국 쇠고기 수입업자들에게 미국산 쇠고기 안전하다는 광고를 하라고 압력을 넣고 있습니다. 우리나라 정부가 미국축산업자 대변인입니까? 왜 수입을 막으려고 하는 것이 아니라 수입을 하지 못해서 안달이 나 있습니까?

우리 헌법 제 1조 2항은 '대한민국의 주권은 국민에게 있고, 모든 권력은 국민으로부터 나온다.' 라고 규정되어 있습니다. 모든 행정은 국민주권의 원칙하에서 이루어져야 합니다. 우리 국민들이 지금 이렇게 분노하고 있는 것은 바로 국가의 주인인 국민들도 모르는 사이에 협상이 이루어졌다는 것입니다.

이곳 국회에서 거행되었던 이명박 대통령의 취임식에 미국 대표단 일원으로 온 앤디 그로세타 미국 육우목축업협회 회장이 미국에 돌아가서 2월 21일에 인터뷰한 내용을 보면 이번 협상의 주요 내용이 미리 공개되어 있습니다. 정말 귀신이 곡할 노릇입니다. 바로 "쇠고기 개방은 시간 문제다. 이명박 대통령은 FTA도 찬성하고 쇠고기 재수입도 찬성하는데, 4월 9일이 총선이니 자기하고 생각이 같은 사람들이 국회에 좀 확실히 들어간 다음에 시장을 열겠다고 했다." 라는 내용입니다.

총선후 다수당이 되자 정부는 저 인터뷰 내용대로 바로 4월 11일 협상을 재개하고 시장을 활짝 열어줍니다. 한미 쇠고기 협상이 타결되었다는 소식을 미국에서 전해들은 이명박 대통령은 함께 박수까지 치며 기뻐했습니다. 청와대는 이러한 대통령의 모습을 보도되지 않도록 막으려고 했고, 국민들에게 진실을 전했던 용감한 기자는 한달간 청와대 출입금지조치를 당했습니다.

진정 국민을 섬기는 정부 맞습니까? 국민의 눈과 귀를 막던 독재시대로 돌아가고 있는 것은 아닙니까? 국민의 분노가 드세지자 정부는 일단 고시를 연기했습니다. 그러나 고시의 내용은 바뀌지 않고 시기만 연기되었을 뿐입니다.

저는 우리 국회에서 국민의 목소리를 대변하여 첫째 재협상시까지 고시의 무기한 연기, 둘째 이번 협상진의 책임추궁과 국민의 건강권을 충분히 고려한 재협상, 셋째 이번 협상의 부실함과 사전합의 가능성에 대한 국정조사를 추진해야 한다고 주장합니다.

얼마전 김성훈 전 농림부 장관은 이런 말씀을 하셨습니다.

"단 한명의 국민이 죽지 않도록 하기 위한 것이 검역이고 국방이다"

바로 이 말씀이야말로 지금 국민여러분이 외치는 목소리를 대변하고 있다고 생각합니다. 확률이 희박하다는 말로 국민을 설득하려 할 것이 아니라, 한명의 국민이라도 위험에 빠지지 않도록 하는 것이 국가의 의무입니다.

나라를 팔아 먹은 사람을 매국노라고 합니다. 국민의 건강권을 협상으로 넘겨버린 사람들도 바로 매국노나 다름 없습니다.

존경하는 국회의장님, 선배 동료 의원 여러분.

우리는 정당을 떠나 국민을 대표하는 헌법기관입니다. 헌법기관으로써 국민의 목소리를 담아 행정부의 잘못을 꾸짖고 바로잡아야 합니다. 얼마 남지 않은 17대 국회에서 여야를 초월하여 유종의 미를 거두기 위해서는 우리 다음세대를 위해 쇠고기 문제 만큼은 반드시 매듭을 지어야 한다고 봅니다. 고시의 무기한 연기와, 재협상, 그리고 국정조사를 위해 많은 의원 님께서 협조해주실 것을 간곡히 부탁드립니다. 감사합니다.

2008. 5. 16.
국회의원 조 경 태

여 아쉽다. 쇠고기 문제는 국민의 주권과도 관련된 중요한 부분이다. 이를 이념 혹은 색깔을 끼고 판단하는 오류를 범해서는 안 된다. 물론 극히 일부 단체에서 정치적으로 활용하려는 움직임이 있었다는 주장이 제기되는 것을 부정하지는 않겠다. 만약 그들이 정치적으로 악용하려 했다면, 그들 역시 굴욕적 협상을 한 사람들과 똑같은 무리로 평가 받아야 한다.

하지만, 그들을 제외한 90% 이상 대다수의 국민들은 순수한 마음으로 촛불집회에 참석했다. 왜 그토록 많은 국민들이 촛불집회에 참여했는지 본질을 제대로 이해해야 한다.

일본의 경우는 미국산소고기 20개월 미만만을 수입하고 있다. 청문회 당시 정부에서는 일본도 미국과 협상에 들어가서 우리와 비슷한 조건이 될 것이라고 국민을 설득시켰다. 하지만 아직까지 일본은 20개월 미만만 수입하고 있다. 그런데 왜 대한민국은 월령제한을 풀었는지 알 수 없는 부분이다. 정치권에서는 30개월 미만을 고집했지만 그 노력마저도 허사가 되었다.

우리는 지난번 미국과의 소고기 협상에서 3등 국민으로 전락하는 수모를 겪어야 했다. 1등 국민은 20개월 이하이고, 2등 국민은 20~30개월, 3등 국민은 월령 제한 없이 받아들인다고 생각한다. 월령제한 없이 받아들이는 국가는 우리나라를 포함 몇 개국 되지 않는다. 과연 선진국을 지향하는 나라의 협상력이 이 정도라는 것은 참으로 부끄러운 일이 아닐 수 없다.

소고기 협상단은 지금이라도 국민께 사과하고 공직에서 물러나야 한다는 소신에는 변함이 없다. 광화문의 촛불집회에 참여했던 국민들은 2002년 월드컵 응원의 연장선이라고 본다. 그것은 우리 스스로가 건강주권을 지키기 위한 결의에 찬 외침이었으며, 언젠가 역사가 재평가 해줄 것이다. 과거 역사를 보아도 촛불집회만큼 평화로운 집회는 없었다. 새로운 문화를 대한민국 국민이 창조해 내었다. 집회에는 고등학생, 대학생, 20-30대 젊은이, 주부 그리고 이땅을 건강주권을 지키려는 분들이 그

중심에 서 있었다.

미국산 쇠고기 수입을 찬성하는 이들에게 정부의 고위 관료들과 정치인들 그리고 재벌총수를 비롯한 1%의 부자들이 과연 값싸고 질 좋은 미국산 쇠고기를 먹고 있는지 다시 한 번 묻지 않을 수 없다. 그리고 통상교섭본부장을 포함하여 그 당시 협상의 책임위치에 있었던 관계자들은 30개월 이상 된 쇠고기를 드시고 있기를 기대하는 바이다.

워낭소리

우리나라의 서정적인 모습을 그대로 담아 놓은 영화인 '워낭소리'를 감상하면서 또 한 번 촛불집회의 감동을 느끼게 되었다. 소를 보면서 촛불집회가 연상되는 것은 아마도 전 국민이 비슷한 감정이 아닐까?

특히, 광우병에 대한 공포가 아직 우리국민들에게 남아있는 상황에서 상영된 영화라서인지 우리 소에 대한 국민들의 애정과 관심은 가히 폭발적이었다. 미국산 쇠고기 수입을 반대한 많은 사람들은 안전한 먹을거리를 원했던 것이다. 정부에서는 안전하다고 홍보하고 있지만 국민은 그 말을 신뢰하지 않는다. 공무원은 국민이 내는 세금에 의해 존재한다. 따라서 다수의 국민

서울 광장 촛불 집회에서

이 안전한 먹을거리를 원한다면 당연히 그 기대에 부응하는 정책을 펴야 한다.

의정활동을 하면서 가끔 일부 공무원의 미온적이고 일관성 없는 태도에 실망하기도 한다.

우리나라 공무원은 대부분 국민을 위해 헌신적으로 봉사한다. 때로는 자신의 몸을 돌보지 않을 정도로 근무하다 공상을 입기도 하고 과로사를 당하기도 한다. 그런데, 일부 공무원은 대다수의 공무원과는 달리 사명의식이 부족해 보인다. 미국산 쇠고기가 안전하다면 분명 전 세계가 미국산 쇠고기의 월령제한의 규정을 두지 않았을 것이다.

일본의 경우, 20개월 미만으로 월령을 제한하는 이유는 바로 광우병에 대해 일본국민들의 건강을 철저히 지켜내기 위해서이다. 이러한 일본에 관한 정보는 웬만한 관련 공무원들도 다 알고 있는 내용이다. 그렇다면, 관련 공무원은 외국의 사례를 중심으로 철저하게 국민들을 광우병으로부터 지켜내어야 하는 의무가 있다. 또한, 수십 년 간 전문 분야를 담당하는 공무원이라면 오히려 더 좋은 방향제시와 정책 대안을 마련할 수 있음에도 불구하고 현실이 그렇지 못한 것이 안타까울 뿐이다. 아직까지 그날의 뜨거웠던 소망이 미완으로 남아져 있어 항상 안타까운 마음이 든다. 언젠가는 우리국민이 원하는 대로 안전한 먹을 거리를 위한 건강주권을 되찾을 수 있기를 기대해본다.

진정한 보수가 없다

촛불 정국을 경험하면서 우리나라에 과연 진정한 보수가 있을까하는 의구심이 들었다. '보수주의'의 사전적 의미는 '현상(現狀)대로의 유지를 위해 전통, 역사, 관습, 사회, 조직 따위를 굳게 지키는 주의'를 일컫는 말이다. 즉 '보수'라 함은 보전하여 지켜내는 것을 뜻한다. 쇠고기 촛불정국에서 자칭 보수주의자들은 집회에 참석한 시민들을 맹비난하였고, 집회참석을 방해하였다. 광우병이라는 서구의 무서운 병이 어쩌면 우리 민족의 자존을 송두리째 파괴시킬 수도 있는 상황에서 그들은 미국산 쇠고기수입을 찬성하였다.

내 나라 내 민족의 자존과 건강을 굳건히 지켜내어야 할 보수주의자(?)들이 촛불집회를 방해하는 역사적 아이러니를 보면서 '우리나라에는 진정한 보수가 없구나~.'라는 생각이 들었다. 진정한 보수주의자라면 오히려 진보주의자에 비해 서양문물개방에 대한 잣대를 더 엄격하게 적용해야 하지 않을까.

과거 역사 속에서 우리는 힘센 국가들에 무조건 추종하는 무리들을 경험하지 않았는가! 자율적이지 못하고 자신보다 강한 국가나 세력에 복종하고 무조건적으로 받아들이려는 것을 우리는 '사대주의' 라 한다.

우리나라는 세계 12, 13위의 경제규모를 자랑하는 경제 대국이 되었다. 그리고 미국과 비교했을 때, 수천 년이 앞선 역사와 문화를 지닌 나라이다. 우리국민이 작년 이맘때 수많은 사람들이 촛불집회에 참여한 것은 민족의 자존심과 건강주권을 지키기 위한 현대판 의병이었다.

촛불집회 연행자 면회

유가인하 관련 의정활동

　정치에 입문하기 전부터 우리나라의 에너지 가격이 너무 높다고 생각해 왔다. 특히, 유가의 등락폭을 보며 오를 때는 아주 가파르게 오르고, 내릴 때는 서서히 내리는 것은 누가 봐도 납득 되지 않으며, 분명 바로 잡아야 할 문제이다.

　나는 이 문제점을 알아내기 위해 계속적으로 확인하고 공부해 보았지만, 정유재벌들이 이중, 삼중으로 가려놓은 보호막에 막혀 번번이 좌절되었다. 이후 지역구 문제나 정치 현안에 밀려 잠시 잊고 있었다.

　그러던 중, 2008년 세계적으로 불어닥친 금융위기로 대한민국의 경제상황은 최대의 위기를 맞았다. 여기에 기록적인 고유

가까지 겹쳐 서민경제는 그야말로 아사 직전에 놓여 있었다.

정부에서는 연일, 서민경제 회복을 위한 긴급대책을 내놓았지만 이렇다할 성과도 없었고, 물가상승의 주도적 역할을 하는 석유제품 가격은 비정상적으로 상승하여 경제의 근간을 흔들고 있었다. 안타까운 마음에 정유사 측에 질타도 해보고 정부에 요청도 해 보았지만, 정부에서는 자율경쟁에 맡겨야 한다는 말만 되풀이 하였다. 이것은 독과점적 지휘에 있는 정유사에게 면죄부를 쥐어주는 꼴이다. 정유사들은 이러한 정부의 허술한 감시를 틈타 그동안 실로 엄청난 이익을 취해왔다.

모 정유사의 2008년 영업이익 신장율은 실로 놀라웠다. 한 언론사의 기사내용이다.

"국제 유가 폭등에 힘입어 영업이익이 237% 급증한 2조370억 원으로 불어나며 1조원 클럽 멤버가 됐다." "영업이익 237%의 급증! 그것도 국제유가 폭등에 힘입어서"라고 보도된 기사를 아마도 우리 국민들은 잘 모를 것이다.

작년 한해 금융위기 상황에서 우리 국민들은 국가위기 극복을 위해 지혜를 모아 나갔다. 때로는 구조조정이라는 아픔까지 겪어야 했고, 10년 전 IMF 위기상황을 떠올리면서 허리띠를 졸라 매었다.

특히, 국제유가의 급등으로 인하여 고통을 받고 있었다. 그런데, 이 상황을 틈타 정유사는 막대한 폭리를 취했던 것이다.

더 이상 보고 있을 수 만은 없었다. 본격적으로 석유가격 안정을 위해 연구하고 문제점을 찾아내 해결방안을 모색하기 시작했다. 그렇게 하여 2008년 국정감사와 예결위원회, 그리고 상임위원회에서 지속적으로 정유사와 수입사의 구조적 문제점과 폭리를 지적하면서 정유재벌들의 폭리와 정부의 관리 소홀을 공론화 시켜 나갔다.

국정감사 기간 동안 다루어야할 여러 피감기관과 이슈들이 있었지만, 주요 쟁점자체를 정유사와 유가에 맞추어 진행하였다. 사실, 기관의 포괄적인 문제점을 지적해야 하는 국감기간동안 한 가지 주제를 다루어야 한다는 것은 상당한 부담으로 작용한다.

하지만, 유가 문제만큼은 꼭 해결하고 싶다는 의지로 밀어붙였다. 동료 의원들과 국민들의 성원은 큰 힘이 되었다. 한 달 가량 끈질기게 석유제품의 폭리에 대해 질의를 한 결과, 서서히 움직임이 나타나기 시작했다.

결국 2008년 10월 국정감사 막바지에 "휘발유가격이 유가 자유화 이후 사상 최대폭으로 인하"(2008년 10월23일자 연합뉴스, 파이낸셜뉴스 등)되는 성과를 얻어낼 수 있었다. 하지만 이는 석유제품의 근본적인 문제 개선을 위한 시작에 불과하다고 생각한다. 수십 년간 이어져 온 정부와 정유사의 구조적 문제를 하나씩 고쳐 나가야 할 것이다.

매번 석유제품 가격의 불합리에 대해 국정 질의를 하다보면 한결같은 정부의 대답은 "시장 자율에 맡겨야 한다.", "가격 결정에 정부가 개입할 수 없다."라는 말만 되풀이 하고 있다. 나 역시 자본주의 시장경제를 존중하고 공대 출신답게 합리적인 사고를 지니려고 항상 노력한다.

그렇지만, 시장자율이라는 것은 공정하고 성숙한 구조 하에서 이루어지는 것이지 지금처럼 일부의 독과점 하에서는 자율 경쟁은 고사하고, 카르텔을 형성한 일부 재벌기업들의 횡포에 국민들만 힘들어지는 것이다. 이를 적절히 조정하고 보완하는 것이 정부의 역할이라 생각한다.

가격자율화 이후, 정부의 잘못된 관리와 업체의 모럴 해저드가 결합해서 만들어낸 결과물이 지금의 비정상적인 에너지 가격이라는 것이다. 가까운 일본과 비교해 보면 구조적으로 얼마나 잘못되어있는지 명백하게 확인할 수 있다.

일본의 경우 90년대 후반에 가격 규제를 풀었다. 가격자율화 이후 건전한 가격 경쟁을 통하여 좋은 품질의 제품을 적정 가격에 공급하고자 노력해왔다.

그 결과, 일본의 정유사는 우리나라의 정유사에 비해 매출액은 4배 정도 많지만 영업이익 측면에서는 우리나라의 정유사와 비슷한 수준이다. 이는 우리나라의 정유사가 일본의 정유사보다 훨씬 더 많은 이득을 취하고 있다는 역설적 자료이다.

한국, 일본 매출액 대비 영업이익(2008.5.2 기획재정부발표)　　　　단위 : 원

	년도	2001년	2002년	2003년	2004년	2005년	2006년
일본	매출액	188조9,200억	187조7,800억	199조9,400억	226조0,700억	243조2,300억	214조9,300억
	영업이익	2조6,100억	2조1,400억	1조7,100억	4조8,800억	4조9,900억	3조0800억
	년도	2001년	2002년	2003년	2004년	2005년	2006년
한국	매출액	42조9000억	38조6,900억	40조0,400억	50조6,700억	61조8,600억	70조6,400억
	영업이익	1조2,900억	1조0,400억	1조9,100억	4조4,300억	3조4,000억	2조9,400억

한 · 일 석유회사의 매출액 · 영업이익 비교　　　　단위 : 원

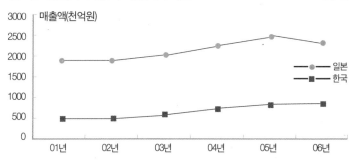

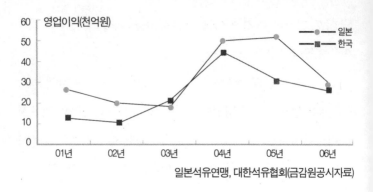

영업이익(천억원)

일본석유연맹, 대한석유협회(금감원공시자료)

나는 명예택시기사이다

정치인 가운데 남다른 이력이 하나있다. 명예택시기사가 그 것이다. 아마도 보기 드문 이력일 것이다. 택시는 우리 서민들에게 아주 유용한 교통수단의 하나이다. 서민을 이해하기위해 자주 택시를 이용하곤 한다. 택시를 타면 기사 분들의 삶의 애환을 들을 수 있기 때문이다. 그러나 서민의 생활과 밀접하게 연관되어 있는 택시가 최근 어려움을 겪고 있다. 택시운전사가 사납금을 제대로 맞추지 못하는 상황인지라 그만큼 부족한 수입으로 인해 경제적 어려움에 직면하고 있다는 것이다. 이러한 어려움은 LPG 연료 값에서도 많은 영향을 받는다.

서민을 위한 정치인을 국민은 희망하고 있다. 2008년 하반

기부터 국회예결위원회와 국회 상임위원회에서 LPG 가격의 구조적 문제와 수입사의 폭리에 대하여 문제 제기하였다.

최근, LPG가격이 인하하려는 움직임이 있는 것은 참으로 다행스럽다. 앞으로도 서민의 연료인 LPG만큼은 적정한 수준으로 동결, 인하되어야 한다고 본다. 나는 연료가격 안정을 위한 의정활동을 지속적으로 펴나갈 계획이다. 여기에 많은 소비자 단체를 비롯한 국민 여러분들이 힘을 보태주시리라 믿는다.

LPG가격에 대하여

앞서 언급하였듯이 최근 관심을 갖고 있는 의정활동 분야중의 하나가 LPG가격 안정이다. 개인적으로 지금의 LPG가격이 매우 높다고 생각한다. LPG는 택시운전사, 장애인, 영세사업자 등 우리 서민생활과 직결되어 있는 연료이다. 그럼에도 불구하고 가격이 너무나도 치솟고 말았다. 단적인 예로, 98년 1월 IMF 여파로 환율이 1700원이었고, 국제유가(LPG)는 톤당 180달러였다. 이때의 소비자 가격은 리터당 362원이었다.

10년이 지난 2008년 11월의 LPG가격을 살펴보면, 이때 환율은 1374원이었고, 국제유가(LPG)는 톤당 49달러였다. 그런데 유감스럽게도 소비자 가격은 리터당 1111원이었다. 높은 LPG

가격은 정부의 반서민 친재벌 정책과 대기업들의 모럴 헤저드가 결합되어 만들어낸 작품이라고 볼 수 있다. 지금 현재 택시 기사 분들은 월 소득이 100만 원 안팎인 것으로 알고 있다. 아무리 열심히 땀 흘려 일해도 가난에서 벗어날 수 없는 구조이다. LPG가격이 하락함으로써 택시운전사분들의 복지와 실질적인 소득이 크게 향상되기를 기대해 본다.

의정활동을 하다보면 어려운 난관에 부딪혀 힘들어 지는 경우가 종종 있다. 이를 잘 극복해 준 보좌진들이 무척 고맙다. 국회의원으로서 LPG가격이 리터당 310원이나 인하되는데 일정 부분 기여했다는 점에 자부심을 느낀다. 의정활동의 성과들 가운데 가장 소중한 성과의 하나로 기억될 것이다.

택시연합회로부터 감사패를 받는 모습

유니세프

　의정활동을 하면서 북한 방문의 기회가 몇 번 있었다. 물론 공식적인 일정으로 가게 되었지만, 북한의 어려운 상황을 몸소 체험하면서 '같은 민족인데도 내가 무관심하였구나' 하는 생각을 했다. 그러면서 그들을 도와줄 방법을 생각하던 중, 유니세프(국제연합 아동기금)와의 인연을 맺게 되었다. 주노 크누기 유니세프 아시아대표와 고팔란 발라고팔 북한 대표들과 함께 북한 아동들에 대한 여러 가지 정책적 지원 방법에 대해 논의를 하였다. 이러한 논의의 결과들을 의정활동에 반영하여 예산확보 등의 성과를 이루어 내었다.

　최근에도 사드후리 유니세프 부총재, 아프샨칸 유니세프 국장 등과 전세계 아동들의 인권과 복지 등을 위한 정치권의 지속적인 관심과 지원의 필요성에 대하여 긴밀하게 논의하고 있다.

이 글을 빌어 한 가지 부탁드리고 싶은 것이 있다. 우리나라 역시 해방 이후부터 90년대 중반까지 유니세프의 지원을 받았다. 특히, 한국전쟁 전후 우리나라는 매우 어려웠다. 그 당시 유니세프에서는 지속적인 지원을 하면서도 그들은 우리에게 아무런 조건을 달지 않았다. 순수하게 인도주의적 차원에서 지원한 것이다.

'2009년 세계아동현황보고서'를 보면, 당장 북한만 하더라도 5세 이하 영아 사망률이 1,000명당 55명으로 보고되었다. 또한 지금 이 순간에도 아프리카, 중동 등 전 세계에 헤아릴 수 없을 정도로 많은 아동들이 굶주림에 죽어가고 있다는 이야기를 유니세프 관계자로 부터 듣게 되었다.

어쩌면 우리는 일상을 살면서 주변을 제대로 둘러보지 못하는 것 같다. 특히, 개인적인 일에 신경쓰다 보면 '인류는 하나다' 라는 큰 가치에 대해서는 감히 생각할 엄두를 내지 못한다. 과거 우리가 어려웠을 때, 타국가들로부터 국가원조를 받은 경험을 잊어서는 안 될 것이다. 인도주의적 차원에서 우리는 보다 세심한 관심과 지원을 아끼지 않아야 한다.

대한민국의 대학 등록금 문제

최근 높은 대학 등록금으로 인해 한 가정이 파탄되어 버린 너무나도 안타까운 기사를 접하게 되었다. 기사 내용은 "한 가정이 감당할 수 없을 만큼 높은 대학 등록금으로 인해 학생이 사채를 쓰고, 이를 갚지 못하자 사채업자로부터 유흥업소에서 성매매를 강요받은 사실이 부모에게 알려져 아버지는 세상에 대한 분노와 충격으로 딸을 살해하고, 자신도 자살했"는 것이었다.

대학 등록금 문제는 이제 대학생들만의 문제가 아니라 학부

대학생 등록금 마련방법

대출 전액	부모님 도움	부모님 도움+아르바이트	아르바이트	장학금	무응답
41.7%	22.9%	15.6%	12.3%	5.7%	1.8%

모를 포함한 전 국민적 사회문제로 인식하여야 한다.

　최근 재학 또는 휴학 중인 대학생 약 1,000여 명을 대상으로 등록금에 관하여 실시한 설문 조사결과를 보면 등록금 마련방법으로 대출(학자금 대출, 마이너스 통장)을 한다는 응답이 41.7%였다. 또한 전액 부모님으로부터 받는다는 의견이 22.9%, 부모님 도움 + 아르바이트가 15.6%였다. 아르바이트를 해서 스스로 마련한다는 응답도 12.3%나 되었다.

　더욱이 놀라운 것이 전체의 23%를 제외한 대학생들은 어떤 방법으로든 등록금 마련에 참여하고 있다는 결론이 나온다는 것이다. 전체 조사학생들의 약 70%는 '등록금 문제 때문에 스트레스를 받았다' 고 응답했다.

　지금부터라도 우리 사회는 대학생들이 등록금 문제로 과도한 스트레스를 받거나 죽음으로 내몰리는 상황에 대한 개선책을 마련해야 한다.

탐욕의 상아탑

　우리나라 연평균 물가상승률은 3~4% 정도이며 국민경제활성화를 위해 정부가 적극적으로 개입하여 최소화하려는 노력을 보이고 있다. 이에 반해 대학 등록금 인상률은 무려 6~10%

최근 5년간 대학 등록금 및 인상률   (단위 : 천원, %)

연도	04		05		06		07		08	
구분	등록금	인상률	등록금	인상률	등록금	인상률	등록금	인상률	등록금	인상률
국·공립대	2,903	9.4	3,115	7.3	3,423	9.9	3,775	10.3	4,168	8.8
사립대	5,776	5.9	6,068	5.1	6,473	6.7	6,893	6.5	7,380	6.3
물가인상률	3.6%		2.8%		2.2%		2.5%		3.9%	

※ '08년부터 통계산출 방법을 학교단위 학생 수 가중평균에서 학과별
※ '08년 물가인상률 : '08년 3월 기준 전년동월대비 소비자 물가상승률(통계청 발표)
　　가중평균으로 전환
　　- '07년 등록금(학과별 가중평균시) : 국공립대 3,832천원, 사립대 6,917천원
※ '08년 물가인상률 : '08년 3월 기준 전년동월대비 소비자 물가상승률(통계청 발표)

정도로 물가상승률에 무려 2~3배 정도 높은 수준으로 매년 올라가고 있다.

　이런 높은 상승률로 인해 대학생들은 휴학생이 되고, 오랫동안 학교를 다니는 장(長)학생으로 만든다. 때로는 대출 등록금을 제때 갚지 못해 급기야 신용불량자로 전락하는 사례가 속출하고 있다. 사회에 진출하기도 전에 신용불량자가 됨에 따라 이후 취업 및 사회생활에 큰 장애 요소가 된다. 최근 신용불량자로 전락한 대학생이 1만 명이 넘었다 하니 실로 심각한 문제이다.

　일부 사립대학은 대학 적립금이 넘쳐 주식에 투자하여 수백억 원의 투자손실을 입었다고 한다.

　혹자는 요즘 대학을 '탐욕의 상아탑'이라 부른다. 학생들은

비싼 등록금에 빚에 허덕이는데 학교에서는 각종 수익사업을 하면서 학생들의 고통을 외면하고 있다. 따라서 정부가 대학자율화라는 미명 하에 물가상승률보다 2~3배 높은 등록금 인상률을 눈감아 주는 것은 바람직하지 않다.

우리나라는 항상 자율화를 악용하는 사례가 많다. 독과점화된 일부 대기업들이 가격자율화라는 허울 좋은 표현을 쓰면서 가격을 마음대로 올리는 사례를 종종 볼 수 있다. 교육과학기술부와 대학관계자들은 과연 대학이 학생들과 상생하는 자세로 임하고 있는지에 대한 깊은 성찰을 하기 바란다.

등록금이 없는 나라

일부 국가를 제외하고는 모든 국가가 우리나라의 대학생 등록금제도와 유사할 것으로 생각한다. 이러한 판단을 하는 가장 큰 이유가 미국 사립대학의 높은 등록금 때문이다. 항상 대학이 내세우는 논리 중 하나가 미국의 일부 사립대학의 높은 등록금과 비교하는 것이다.

하지만 이는 대단히 한정되고 왜곡된 것이다. 현재, 미국에는 수많은 대학이 존재한다. 우리나라의 국공립대학에 해당하는 주립대학과 사립대학의 비율은 약 7:3이며, 우리나라 대학의 국공립대학과 사립대학의 비율은 약 2:8이다. 즉, 미국은 약 70%가 등록금이 상대적으로 매우 저렴한 주립대학으로 분포되어 있으며, 미국 대학생의 과반수가 훨씬 넘는 학생들이 저렴한 학비 혜택을 보고 있는 셈이다.

OECD국가인 이탈리아의 경우에는 국공립대학이 무려 93.7%에 달한다. 즉, 대다수의 대학생들이 등록금에 큰 부담 없이 학교에 다닐 수 있다는 것을 알 수 있다. 핀란드의 경우에는 우리나라 대학생들의 입장에서 봤을 때 훨씬 부러운 국가이다.

각 국가별 등록금 지원정책

나라	해 설
독일	대학 무상교육 원칙에 의하여 정부가 등록금 전액을 보조하고 있음. (당연히 등록금의 상한을 정하고 있음.)
프랑스	우리나라 돈으로 연 70만 원 정도의 실경비만을 부담하도록 하고 있음. (당연히 등록금의 상한을 정하고 있음.)
호주, 뉴질랜드	과거 무상교육에서 후퇴하여 등록금 등의 2/3 정도는 국가가 보조하고 1/3 정도는 개인이 부담할 수 있도록 하며, 개인 부담에 대하여서는 소득 연계형 상환 방식을 결합하여 운영하고 있음.
영국	등록금 보조(대학 등록금의 상한을 정하고 있음)와 융자를 병행하고 있음. 등록금의 75%는 국가 보조, 25%는 소득수준에 따라 지원 여부를 결정함.
네덜란드	등록금의 59%는 기본 보조금, 보충 보조금, 여행 경비 지원 등의 보조금이고, 이자 있는 융자가 41%에 차지하며, 이 융자 중 절반 이상이 성과급 연계형 상환 방식의 융자임.

국공립대학의 비율은 약 87%이며 국공립과 사립대학 모두 수업료가 면제라는 것이다. 또한, 독일이나 프랑스 등의 사례를 살펴보면, 각국의 정부가 대학생 등록금에 대해 얼마나 체계적인 지원을 하는지를 잘 알 수 있다. 기본적으로 독일 등 유럽 국가들은 무상교육을 원칙으로 하고 있나. 독일이나 프랑스 등 유럽권 대학의 학생들은 우리나라의 학생들처럼 등록금으로 인한 부담을 느끼지 않는다. 독일의 경우, 대학 등록금 전액을 국가에서 보조하여 학생들로 하여금 학업에 열중할 수 있도록 든든한 버팀목이 되고 있다.

그 외의 유럽의 프랑스나 영국, 네덜란드 등을 보아도 국가 보조로 인하여 학생들이 부담하는 등록금은 실제금액의 절반도 채 되지 않는다. 수업료 징수에 따른 학생 부담이 전혀 없던 영국은 1998년부터 교육경비의 일부를 수업료로 징수하게 되었다. 심지어 프랑스계 아프리카 국가들도 대부분 등록금이 없다는 사실은 우리에게 새로운 사실을 알려준다.

대학생은 우리나라의 미래이다

이들 국가에서 이처럼 등록금이 없거나 낮은 이유에 대한 모 대학교수의 분석은 시사하는 바가 크다.

첫째, 대학교육이 공공 이익에 기여한다는 인식에서 비롯된다. 즉, 대학교육은 경제성장, 정치 민주화와 안정, 삶의 질 향상에 기여함으로써 대학생뿐만 아니라 모든 시민에게 도움을 주고 있다. 그러나 과도한 대학 등록금은 교육을 받을 기회를 제약함으로써 이러한 공익을 저해할 가능성이 있다고 볼 수 있다.

둘째, 아무리 보조금이 많더라도 등록금은 결국 저소득층, 농촌, 소수인종 출신 아동의 대학진학과 학업 지속을 방해하며, 결과적으로 국민의 교육수준과 사회적 평등 목적을 저해할 가능성이 높다고 본다.

셋째, 하숙비와 교통비 등 간접 교육비용이 이미 학생이 감당하기 어려운 수준으로 증가하고 있고, 기회경비도 높아지고 있어서 등록금 이외의 교육비 부담이 과중하기 때문에 등록금 부담이라도 덜어 줘야 한다는 데 있다.

반면에, 우리나라 대학생은 약 80%가 사립대학에 진학하며 해마다 높은 등록금과 씨름하고 있다.

대학은 우리나라의 미래이다. 대학생들이 경제적 문제로 학교를 그만둔다거나, 힘들어하는 일은 결코 없어야 한다. 편안하게 본인이 원하는 학업을 충실히 이어갈 수 있도록 하는 것은 이제 국가가 책임을 져야 할 것이다.

대학 등록금문제에 관한 활동

지난 2009년 4월 18일 국회 예산결산특별위원회에서 안병만 교육과학기술부장관에게 물가상승류의 2~3배나 높은 대학 등록금 인상의 문제점과 등록금의 국가보조, 학자금대출의 높은 이자율, 대학 등록금 후불제 등에 대해 질의를 하면서 정부의 대책을 촉구하였다.

또한 27일에는 사립대학의 재단적립금(7조 2,996억 원)의 문제에 관해, 적립금의 누적액을 제한하여 누적 적립금의 상한을 제한하는 『사립학교법 일부개정법률안』을 발의하였다.

2009년 6월에는 경제적 이유로 교육을 받기 곤란한 대학생에게 학자금 이자 지원을 통해 교육의 기회균등 기회를 제공하고, 정부보증 학자금대출의 이자연체로 인하여 신용불량자로 등록을 졸업 시까지 유예토록 하는 『한국장학재단 설립 등에 관한 일부개정법률안』을 발의할 계획이다.

앞으로도 대학 등록금 인하와 학자금 대출 관련 법안들을 순차적으로 개정하여 헌법이 보장하는 '균등하게 교육받을 권리, 돈 없는 사람도 공정한 출발선에서 출발할 수 있도록 하는 법적 장치'를 만들도록 동료의원들과 힘을 모아 나갈 계획이다.

보도자료

조경태 의원, 등록금 인하대책 내놓다

국회의원 조경태

지난 4월 27일 조경태 의원은 사립대학의 재단적립금(7조 2,996억 원)에 대한 문제점을 지적하고 적립금의 누적액을 제한하여 누적적립금의 상한을 제한하는 『사립학교법 일부개정법률안』을 발의, 이를 기틀로 대학 등록금 인하 및 학자금 대출의 금리 인하, 대학 등록금 후불제에 관한 법안들을 순차적으로 개정하여 헌법이 보장하는 균등하게 교육받을 권리, 돈 없는 사람도 공정한 출발선에서 출발할 수 있도록 하는 법적 장치를 만들겠다고 밝힌 바 있다.

그리하여 조경태 의원은 그 후속타로 오는 6월, 경제적 이유로 교육을 받기 곤란한 대학생에게 학자금 이자 지원을 통해 교육의 기회균등 기회를 제공하고, 정부보증 학자금대출의 이자연체로 인하여 신용불량자로 등록을 졸업 시까지 유예토록 하는 『한국장학재단 설립 등에 관한 일부개정법률안』을 발의할 계획이다.

『한국장학재단 설립 등에 관한 일부개정법률안』

현 정부보증학자금대출은 학생들로 하여금 연 7%대의 이자부담을 안겨, 자신의 학업에 열중하여야 할 시간의 반 이상을 이자납부를 위한 아르바이트로 보내고, 결국 휴학까지 하게 만든다. 또한 그들은 그만큼 다른 학생들에 비해 뒤처져 취업 경쟁에 도태되게 된다. 그럼에도 불구하고 이자를 연체하게 되면 신용불량자로 등록되어 사회에 진출을 더욱 어렵게 만들어 악순환을 반복시킨다.

조경태 의원은 이번에 발의되는 『한국장학재단 설립 등에 관한 일부개정법률안』을 통하여 정부보증 학자금 대출이자의 부담시점을 대출학생이 졸업하여 구직하는 시점으로 하여 학생들의 이자납부의 고충을 덜어 주고, 이자 연체에 대한 신용불량자 등록을 대출자가 졸업하는 시점으로 유예시켜 주어 학생들의 학자금대출에 대한 부담을 확실히 덜어 주겠다는 계획이다. 그리하여 대출 학생들을 재학기간동안 학자금 대출로부터 자유롭게 하고, 자신의 본업인 학업에 열중할 수 있게 하여 자신의 기량을 마음껏 발휘할 수 있도록 하겠다고 밝혔다.

대학 강사의 고달픈 삶

90년대에 대학원 박사과정을 밟으며 부경대학교, 해양대학교 등 여러 대학에서 시간강사로 학생들을 가르친 적이 있다. 비록 매우 낮은 강의료를 받으며 버스를 타고 다니면서 학생들을 가르쳤지만 나름 보람과 의미가 있었다.

부경대학교 공과대 캠퍼스는 부산 용당동에 있었는데 장전동에 위치한 부산대학교에서 거리가 꽤 멀었다. 장전동에 위치한 부산대학교에서 긴 시간동안 버스를 타고 내려서 땀을 뻘뻘 흘리면서 부경대학교까지 강의를 다닌 기억은 잊지 못할 소중한 추억이다.

지금 생각해보면 참 힘든 시기였지만, 젊음과 꿈이 있어 누구보다 열심히 노력했던 시절이었던 것 같다.

얼마 전, 우연히 국회 앞에서 "한국비정규교수노동조합의 천막농성 600일"이란 내용으로 1인 시위를 하고 있는 대학 강사를 발견하였다. 문득 힘들었던 대학 강사 시절이 생각났다.

"안녕하세요, 수고하십니다!" 먼저 말을 건넨 나를 보면서 그는 어리둥절한 표정을 지었다.

"잠시 시간이 나시면, 선생님의 말씀을 듣고 싶습니다."

그는 나에게 『비정규 교수, 벼랑 끝 32년』라는 한 권의 책을 전해 주었다. 그리고 며칠이 지난 후, 또 한 사람의 강사 출신과 함께 만났다. 공교롭게도 두 사람은 부부였다. 60세를 훌쩍 넘기신 분들이 무척 건강해 보여서 참으로 다행이라 생각했다. 부인은 현재 한국비정규교수노조위원장을 맡고 있었다.

내가 대학 강사를 하던 90년대나 2009년 현재의 대학 강사의 고달픈 삶은 별로 달라진 것이 없다는 이야기를 들었다. 또한 그가 전해준 한 권의 책, 『비정규 교수, 벼랑 끝 32년』(김동애 외 31인, 이후 출판)에는 더욱 상세하게 그들의 소망과 해결해야 할 과제에 대하여 잘 서술되어 있었다.

비정규직 교수 노조원과 함께

시간강사는 정말 고달픈 신세다. 강의료를 시간당 쳐준다고 해서 강사라는 글자 앞에 '시간'이란 딱지를 붙여 '시간강사'라고 부른다. 일반인들이나 학생들 사이에서는 '보따리 장사'라고 놀림 받으며 대학교수가 되기 위한 통과의례로 생각하며 강의를 위해 많은 시간을 투자한다.

강의료는 보통 시간당 4만 원 전후이다. 한 학기에 3학점짜리 강의를 맡으면 보통 일주일에 세 시간을 강의한다. 그렇게 해서 한 달에 받는 돈은 48만 원에 불과하다. 그나마 방학 기간에는 강의가 없으니 강의료를 받지 못한다. 1년에 넉 달은 일감이 없어 공치는 셈이다.

한 학기를 가르쳐 봤자 적게는 100만 원, 많게는 200만 원쯤 받는 셈이다. 2008년 국민기초생활보장 최저생계비(4인 기준)가 월 126만 5,848원이다. 시간강사들의 생활이 얼마나 고달픈지 잘 보여주는 대목이다.

개정된 교육법 75조는 강사의 정의를 끝내 전임강사로 바꾸었고, 전임자가 아닌 강사의 교원 지위를 빼앗았다. 결국 대학 강의의 절반을 맡으면서 아무런 신분 보장도 받지 못하는 수만 명의 계약직 강사가 생겨나게 된 것이다.

'눈물조차 말랐다, 시간강사의 끝없는 절망'

'우리에게 연구실을, 제대로 된 강사료를 지원하라'

'굶주리는 시간강사, 말라 죽는 지역 학문'

강사들의 고달픈 삶은 『비정규 교수, 벼랑 끝 32년』 책에 구석구석 배어 있다. 또한 비정규 교수의 생존권뿐만 아니라 지식 사회의 발전을 위한 이들의 교원 지위를 회복해야 하는 당위성도 들어 있다.

최근 비정규 교수의 처지를 비관해 자살한 사람들이 꾸준히 생기는 추세이다. 하지만 우리 언론은 이러한 사실을 제대로 알리지도 않고, 대학 강사의 처우에 대해선 거의 보도하지 않는다. 일반적으로 대학 강사는 박사과정이나 박사학위를 마친 예비 대학교수들이 하게 된다. 즉, 박사급 예비대학교수들이 강의를 하기 때문에 교육의 질도 매우 높은 편이다. 그러나 이들은 주로 가정을 꾸리고 있기 때문에 항상 생활고에 시달린다.

그동안 역대 대선후보들은 이들의 애로사항에 공감해 왔으며 실천하려는 노력을 보였으나, 아직까지 그 성과는 미미하다. 개인적으로 박사급 이상의 엘리트 지식인들을 방치하는 것은 국가적으로 큰 손실이라고 본다. 얼마든지 그들의 처우개선을 위해 사회가 힘과 지혜를 모으면 해결책을 만들어 낼 수 있음에도 애써 외면하는 것은 무엇 때문일까?

강사들은 지금처럼 비정규직이라도 좋으니 교원자격이라도 인정해 달라고 요구하고 있지만 이마저도 쉽지 않아 보인다. 실제로 대학에서 강의도 하고 대학생들의 학점도 평가하는데도 교원의 자격을 주지 않는 것은 문제이다. 대학생들에게 비싼 등록금을 받는 대학이 교원자격이 없는 이들에게 강의를 맡기는 꼴이다.

대학적립금이 수천억 원이 넘어가고, 그 돈으로 펀드에 투자하는 대학이 '돈이 없다'는 핑계로 교수임용을 거부하고 있다. 대학들은 비싼 대학등록금을 받는 이유를 이구동성으로 '수준 높은 교육을 위하여'라고 말한다. 하지만, 정작 대학들은 교원자격이 없는 이들을 채용하며 학생들에게 수업을 듣게 한다. 결국 대학 스스로 모순에 빠진 셈이다. 각 대학에서는 지금이라도 수준 높은 교육을 위해서라도 교원자격을 갖춘 교수들을 채용하기 바란다.

교육당국에서도 외국사례를 토대로 잘 연구하여, 강사들의 처우개선을 위한 제도적 안전장치를 마련해야 할 것이다.

농민과 함께

농촌이 잘살아야 선진국이다

의정활동을 하면서 농업은 결코 사양산업이 되어서는 안 되며, 포기해서도 안 된다는 신념을 갖게 되었다.

삼성경제연구소에는 2004년 하반기에 IT산업, 소프트산업, 관광산업 등을 미래전략산업으로 삼아야 한다고 제안하였다. 이 5대 미래전략산업분야에 농업업 1.5산업화가 포함돼 있다.

이 연구소에서는 농업을 미래산업으로 인식한 것이다.

"농업, 농촌의 발전 없이 후진국이 중진국으로는 될 수 있으나 중진국이 선진국으로 될 수 없다."고 노벨경제학상 수상자 쿠즈네츠교수가 말했다.

나는 이 말을 매우 가치 있게 평가한다.

지금의 농촌이 어렵다고 포기해서도 안 되지만, 지나친 이상주의적 사고도 경계해야 한다.

정부와 우리 사회가 항상 기계적으로 이야기하는 '농촌을 어떻게 살릴 것인가? 라는 정치적 수사가 아니라 우리사회를 변화, 발전시키는데 농업을 어떤 전략산업으로 키울 것인가라는 공감대를 형성해야 한다.

오늘날 강대국의 공통점은 무엇인가? 미국, 영국, 프랑스 등의 강대국들은 농업강국이거나 농업, 농촌발전에 국가 예산을 집중시키고 있다. 세계최강이라 불리는 미국! 미국은 세계 최고의 농업강국이며, 농산물 수출 세계1위의 나라이다. 이미 1862년 링컨은 농무부를 국민의 부처로 명명하였고 이후 농업에 대한 미국민의 관심도 대단히 높다.

대표적인 선진국인 프랑스는 유럽최대의 농업국이며, 세계2위의 농산물 수출국이다. 영국은 세계2차대전당시만 해도 곡물자급도가 40%수준이었으나, 전쟁 중 심각한 식량난을 겪은 후 집중적인 농업투자를 통하여 곡물 수출국가의 반열에 올랐다. 독일, 이탈리아, 캐나다 역시 농업강국이다. 일본은 농가소득이 도시근로자 가구소득보다 1.2배나 높다. 우리나라에서는 꿈같은 이야기일 것이다.

국내의 꽤 유명한 인권변호사는 "나는 지난 몇 달 동안 지방을 돌아다니며, 농업이야말로 21세기의 희망이라고 생각하게 됐다. 지금 도시의 많은 젊은이들이 실업자인데 이들이 시골로 간다면 재벌이 될 수 있다. 농촌은 무한한 자원을 가지고 있다"고 말했다.

직접 전국의 시골을 다녀보았지만 내가 진단한 현재 시골의 현실은 아직까지 매우 어려운 상황이었다. 따라서 그의 말만 믿고 무작정 시골로 간다면, '재벌은커녕 자칫 자녀들 학교공부도 제대로 못 시킬 형편이 되겠구나' 라고 느꼈다. 참으로 안타까운 현실이다. 그럼에도 불구하고 농업이 미래산업, 국가산업으로 가야하며 농촌이 잘 살면 선진국이 된다는 나의 신념은 변함이 없다.

아직까지 역대정부는 농업의 가치를 제대로 파악하지 못하고 있는 것 같다. 이는 농촌에 대한 오랜 고정관념 때문이라 본다. 도시에 나와서 성공한 이들은 농촌의 고달팠던 과거만을 기억하고 있을 것이다. 어렵고 못사는 곳, 일방적인 지원만을 받는 곳, 낙후지역 등 부정적 인식이 우리 사회에 퍼져 있는 것도 농촌투자를 꺼리는 요소가 되고 있다. 즉, '돈이 되지 않는 곳에 왜 투자하지? 라고 생각한다.

지금은 생각의 전환이 필요한 시점이다. 먼저, 우리 스스로 머릿속에 '농업선진국이 되어야 진정한 선진국이 된다'는 생각을 담자. 우리나라가 2차 산업, 3차 산업을 통하여 수출을 많이 하는 나라가 되었다고 하더라도 인간의 필수적인 3대 요소 중 하나인 식량을 타 국가들에 의존한다면 여전히 선진국과는 거리가 멀어진다. 선진국이란 모든 면에서 앞서 있어야 하며 특히 농업분야가 앞서 있어야 한다.

앞서 언급한 바와 같이, 대부분의 선진국은 자국의 식량보급 즉, 자급률이 높아야 하고 나아가 다른 국가에 곡물을 수출할 정도의 능력을 갖추고 있어야 한다.

식량자급률 추세

하지만 우리나라의 곡물 자급률은 해마다 하락하고 있는 추세이다. 아직까지 제대로 농촌의 중요성을 깨닫지 못하고 있다는 것을 단적으로 보여주고 있다는 것이다.

표에서 보는 바와 같이, 식용곡물자급률은 1995년 56%이었으나 2007년 51%로 하락하였으며, 사료용을 포함한 곡물자급률은 같은 기간 29%에서 26%로 하락하였다(표-1 참조) 선진국의 농업정책과 거꾸로 가는 우리 농업정책을 보니 한심하기 짝이 없다.

역대 정치인들은 대선이나 총선 등 크고 작은 선거에서 항상 '농촌을 살리겠다'고들 공약 하였지만 그들의 약속은 지켜지지 않았다.

정부에서는 식량자급률의 지속적 하락의 이유로 "자급수준이 높은 쌀의 소비가 감소한 반면, 축산물, 유지류 및 외식 소비는 계속 증가하여 이들 품목의 생산에 필요한 사료작물 및 유지작물의 수입이 크게 증가하였기 때문이다"라고 주장한다. 하지만 이는 변명에 지나지 않는다.

농업을 선진화시켜 오히려 곡물 수출국으로 만들 역동적 전략과 정책개발에 온힘을 쏟아야 함에도 불구하고 그들은 '곡물수입'이라는 손쉽고 값싼 선택을 한 것이다. 역대 우리나라의 농업정책이 얼마나 근시안적인가를 말해주는대목이다.

자급률 형태별 수준 비교   단위 : %

	1995	1998	2000	2003	2004	2005	2006	2007
사료포함곡물자급률	29.1	31.4	29.7	27.8	26.7	29.4	28.0	26.2
식용곡물자급률	55.7	57.6	55.6	53.3	50.3	54.0	53.6	51.1
칼로리자급률	50.6	54.2	50.6	45.6	46.6	45.4	45.6	-

자료: 농림부, 양정자료, 2008; 한국농촌경제연구원, 식품수급표, 2007.

정부의 농업정책이 얼마나 일관성이 없는가하는 것은 새만금간척사업에서 잘 보여주고 있다. 원래 새만금간척사업은 농지조성을 목적으로 조성되었다. 하지만, 정권이 바뀔 때마다 개발계획이 수정되어 그 목적이 변하는 일이 벌어졌다. 농지 72%로 규정된 구상을 농지는 30%로 줄이고 산업, 관광 등 기타 용도로 70%를 활용하기로 한 것이다.

아직까지 말로만 식량 자급의 중요성과 농촌 살리기를 부르짖는 정부정책이 한심하기 짝이 없다. 우리나라의 식량자급의 최대 보루가 되어야 할 새만금이 경제논리로 변질된 것이다. 새만금을 지금 동북아시아의 허브(두바이)로 만들겠다고 얘기하지만 글쎄다. 개발 지상주의였던 두바이는 지금 부도 직전이다. 따라서 더 이상 두바이는 성공모델이 될 수 없다.

새만금은 대한민국의 식량의 최고의 보고가 되어 대한민국의 허파와 같은 소중한 역할을 담당해야 하지만 그것이 지켜지지 못해 안타깝다. 아직도 나는 농촌을 지키고 있는 지역민들에게 실질적인 혜택이 갈 수 있도록 친환경적, 친자연적, 친 농업적 발전이 이뤄져야 한다고 생각한다.

농업을 대규모로 경작함과 동시에 주변일대를 친환경 관광지로 조성한다면 녹색성장에도 부합된다. 자연을 파괴하는 개발이 아닌 자연과 더불어 인간이 함께 호흡할 수 있는 개발이야말로 진정한 개발이라 할 수 있으며, 이미 선진국은 그런 방향으로 가고 있다. 유럽의 어느 곳에 가더라도 100층은 고사하고 30층이 넘는 고층빌딩을 찾아보기 힘들다. 우리는 유럽인들이 고층빌딩을 짓지 않는 이유에 대해 진지하게 생각해 볼 필요가 있다. 그들은 어쩌면 자연과 인간이 더불어 살아가는 방법을 터득했는지도 모른다.

"한국의 농촌은 뉴프런티어다."는 표현을 쓴 농업 정책전문가의 말처럼 농업의 무한한 가치를 함께 생각할 때다.

오리농법에 관해 논의하는 모습

3장
지역 탐방

충청도 _독립기념관

대한민국임시정부 수립90주년을 맞아

지난 3월 독립운동의 발자취를 찾아보려는 의도에서 독립기념관을 찾았다. 올해는 대한민국임시정부가 수립된 지 90주년이라는 뜻 깊은 해이기도 하다.

불굴의 항일운동을 전개한 선열들이 있었기에 오늘날 '세계 속의 한국인'으로서 살아가고 있지 않는가. 그런 의미에서 오늘 현장 답사는 또 다른 생동감을 주었다.

독립기념관은 우리에게 진정 어떠한 표상인가에 대하여 스스로 물어보면서 말이다.

1982년 역사교과서 왜곡과 독립기념관 탄생

일본교과서 왜곡은 '태풍 속의 찻잔'으로 잔잔한 파문을 일으켰다. 1982년 상황은 이전과 크게 달라진 양상이었다. 한국과 중국은 강력한 항의와 동시에 전 국민적인 일본정부 규탄으로 이어졌다. 집권 자민당은 정치인·정부·보수우익 세력 등이 대거 합세하여 역사교과서 왜곡작업에 나섰다.

과거 '영광스러운 회귀'를 위한 역사교과서 재편작업은 본격적으로 시작되었다.

한국 정부의 미온적인 태도와 달리 한국인은 8월 중순부터 일본의 역사왜곡을 규탄하는 전 국민적인 궐기대회를 개최하였다. 국민의 '폭발적인' 분노에 정부도 일본의 역사왜곡에 강력하게 대응할 방침을 세웠다. 국민 감정에 편승하여 언론을 통한 극일운동에 나섰다. '독립기념관에 벽돌 한 개씩'이라는 구호 하에 독립기념관 건립 범국민모금운동이 전개되어 당황한 일본 정부도 관방장관이 담화문을 통하여 왜곡된 역사교과서 시정을 약속하기에 이르렀다.

폭발된 국민 감정은 8월 28일 오전 10시 55단체 55명 대표가 참석한 가운데 독립기념관 건립 발기대회 개최로 이어졌다. 이어 독립기념관추진위원회가 구성되는 등 국민적인 성화는 용

광로를 방불케 하는 상황이었다. 12월 말까지는 모금된 성금은 약 350억이라는 거금에 달하였으며. 전 국민적인 자료수집도 병행되었다.

생생한 독립운동 관련 자료를 전시함으로써 교육적인 효과를 극대화하기 위함이었다. 대다수 국민은 가보(家寶)나 다름없는 귀중한 자료를 선뜻 기증하는데 인색하지 않았다.

이리하여 1987년 광복절을 맞아 독립기념관을 개관할 수 있었다. 물론 화재가 발생하는 등 개관까지 과정은 결코 순탄하지 않았다.

국민교육의 현장으로서 거듭나기를

짜임새 있는 전시물을 관람하면서 가슴을 저미는 뭉클함을 곳곳에서 느끼지 않을 수 없었다. 잔인무도한 일제의 만행에 때때로 분노와 함께.

하지만 열악한 환경에도 결코 굴하지 않는 우리 민족의 저력에 새삼 감격하였다. 생사를 초월하여 황량한 만주 벌판에서 풍찬노숙한 무명(無名)의 독립군을 보면서 말이다. 이들이 바로 오늘날 대한민국을 일군 용사요 국민이었다. 이 분들에게 그저 감사할 뿐이다. 경내에 들어선 90여 기에 달하는 어록비도

독립기념관에서 관장의 안내를 받으며 조의원이 일본인들에 대한 관광객의 느낌과 반응을 물었는데

독립기념관장님께서는 "일본의 만행이 담긴 그림과 글을 보면서 일본 학생들의 반응은 크게 세 가지로 나눠진다고 하셨다. 어떤 학생들은 날조된 것이라며 불편한 심기를 드러내고, 어떤 학생들은 별 반응이 없고, 어떤 학생들의 우리조상들이 한국에 와서 이렇게 잔인한 짓을 했다는 것이 죄송스럽다면서 일본군의 잘못된 것을 시인하는 경우로 나누어진다.

독립기념관이 좀 더 많은 국민들이나 내외국인들이 찾을 수 있도록 방안을 강구했음을 좋겠다고 생각한다. 일부에서는 접근성 확대를 위하여 지하철 개통을 하자고 했지만, 그보다 예산절감과 내실 있는 대안으로 독립기념관에서 운영하는 정기적인 셔틀버스가 필요하다고 생각한다.

또한, 독립기념관 앞에 있는 광장을 놀리지 말고 우리나라의 유명한 예술가들의 작품을 정례화 시켜서 전시도 하여 문화예술 분야도 첨가를 하게 된다면 좀 더 많은 사람들이 찾을 수 있을 것" 이라고 답하였다..

공식적인 방문이 아닌 개인적인 방문에 대해

독립기념관을 공식적인 방문이 아닌, 개인의 자격으로 방문한 국회의원이 거의 없었다는 데에 다소 놀랐다. 평소에 정치인들이 독립기념관에 대해 깊은 관심을 가져주는 것이 좋겠다.

과거 독재시절이나 군주시절의 애국심은 정권의 통치수단으로 사용되었다. 민주화된 시대에서의 애국심에는 단순히 국가만을 위하는 것이 아니라 반드시 국민을 포함시켜야 한다.

독립기념관만으로는 운영이 힘들기 때문에 다양한 콘텐츠를 이용해야겠다는 생각이 들었다. 방문객 수가 적다는 것에 대하여 다소 아쉬움이 있었고, 너무 형식에 치우치지 말고 다양한 문화를 제공해 줌으로써 독립기념관에 가면 추억을 남길 수 있도록 다각도의 방법이 필요할 것 같다.

가슴에 성큼 다가왔다.

미약하나마 '사회적인 책무'가 이런 것이구나 하는 느낌을 받았다면 과언일까.

오늘날 우리는 세계화시대를 살아가고 있다. 그런데 일본·중국 등을 둘러싼 동북아 질서는 긴장·대립을 심화시키고 있는 실정이다. 일본의 독도영유권 주장이나 역사왜곡, 중국의 동북공정에 따른 역사 왜곡과 영토문제 등이 '뜨거운 감자'로 부각되었다. 북한 핵문제도 강대국 이해관계에 따라 긴장도를 심화시키는 요인이나 마찬가지이다. 어쩌면 동북아는 21세기의 가장 불행한 역사무대가 될 지도 모른다.

"실패한 역사를 반성하지 않는 민족에게 번영은 없다."는 단순한 경구가 아니다. 철저한 비판과 엄정한 자기반성은 미래를 향한 가장 값진 선물이다. 독립기념관이 단순한 전시관이 아니라 국민교육장으로 거듭나 우리 민족의 얼을 담아내는 성지의 역할을 해 주기를 바란다.

반만년 역사를 지닌 위대한 민족임에도 불구하고 우리역사가 매우 축소된 느낌을 받는다. 단군의 역사인 고대역사를 통하여 민족의 정기를 되살리는 역할을 독립기념관에서 해줘야 한다. 이를 통해서 한민족에 대한 자긍심을 고취시키고 나아가 남북통일을 위한 긍정적 이미지를 위한 학습의 장이 되도록 해야 한다. 또한, 미래 민족선각자를 양성하는 교육요람으로 독립기념관은 발전해야 한다.

편협하고 쇄국적 의미의 민족주의가 아니라 인류보편적인 가치관을 실천하는 전당으로서 우뚝 설 그날을 그려본다.

풀뿌리 민주주의

독립기념관을 돌아본 후 천안 시내에서 박노영이라는 지인이 운영하는 가게를 잠시 들렀다. 그곳에서 천안의 풀뿌리 민주주의를 위해 힘쓰고 있는 지역 활동가분들을 만났다. 시민을 위해 열심히 일하고 있는 시의원들과 학부모 단체대표들과의 만남이었다.

초선 때는 지역구 외에는 타 지역이 눈에 들어오지 않았다. 재선이 되고 나니 당내에서도 많은 분들이 알아봐 주시는 것 같아 느낌이 색다르다. 지역에서 열심히 땀 흘리는, 능력 있는 일꾼들이 많이 있다는 것을 알게 되어 마음이 한결 가벼워졌다. 이들과 함께 좋은 세상 만드는 일에 힘을 모은다면 세상은 밝아질 것이다.

재선이후 만나본 지역 일꾼들은 작은 영웅들이었다. 저마다 실력을 뽐내면서 지역발전을 위해 최선을 다하는 모습이었다. 이들이 궁금해 하는 질문의 대부분이 "어떻게 부산에서 재선할 수 있었냐."는 것이었다.

"지역에서 열심히 일을 하면 지역주민들이 평가할 것"이라고 짧게 대답했다. 구체적인 대답을 하기엔 시간이 너무 짧을 것 같아 원론적인 수준으로 답했다. 또한, "중앙에서 훌륭한 명망가들이 와서 지역 주민들에게 경각심을 불러일으킬 필요가 있지 않겠냐고 하였다.

이에 대해 중앙의 명망가들보다는 오히려 지역에 관심을 갖고 사랑하고 있는 여러분들이 끊임없이 주민들과 소통하고 주민을 위해서 노력하는 것이 더욱 의미가 있다고 했다.

1시간 남짓 만남이었지만 소중한 만남이었다.

지역을 다니다 보면 열심히 땀 흘리는 사람들이 많이 있다. 특히 지역사회를 위해 봉사하고자하는 투철한 사명감이 넘치는 사람들이 많다.

정치는 그들이 해야 한다. 특히 몇몇 지자체는 나에게 잔잔한 감동을 주었다. 그들의 공통점은 지자체장으로 선출된 이들이 매우 헌신적으로 노력하고 있다는 것이다.

초선 때는 풀뿌리 민주주의에 대한 부정적 견해를 가지고 있었다. 과연 재정자립도가 20%도 되지 않는 지자체가 무슨 자치행정을 실현할 수 있겠는가? 하는 의구심이 들었다. 또한 정당공천으로 인하여 독립성이 약한 지자체장이 과연 소신 있게 행정을 펼칠 수 있을까? 하는 생각도 들었다.

하지만, 나의 예상은 보기 좋게 빗나갔다. 내가 방문했던 지자체는 거의 A학점에 가까울 정도로 훌륭했다. 그들의 눈부신 행정력을 보면서 우리나라의 미래는 밝아보였다. 오히려 그동안 내가 가졌던 여러 가지 생각들이 죄송하게만 느껴졌다. 물론 C학점의 지자체도 있었지만 분명한 것은 얼마든지 A학점이 될 수 있다는 확신도 갖게 되었다.

우리나라의 풀뿌리 민주주의가 서서히 정착되고 있는 느낌을 받았다. 과거 순환식 보직에 의한 임명직 지자체장이었다면, 우리들의 지방도시는 훨씬 더 낙후되었을 수도 있겠다는 아찔한 생각마저 들었다.

고군분투하는 작은 도시의 리더들을 보면서 세금제도의 개혁을 생각하게 되었다. 현재의 국세와 지방세의 비중을 수정하여 지방의 세수가 대폭 늘어나도록 해야 한다는 생각이 확고하게 들었다.

서울과 지방이 균형발전하기 위해서는 지자체별로 세수가

늘어야 한다. 따라서 국세의 비중을 줄이는 대신 지방세의 비중을 높인다면 재정건전성은 대폭 개선될 수 있을 것이다. 평소 누누이 강조하지만, 재정자립을 높이지 않는 지방자치제도는 빈껍데기에 불과하다. 지방에 재정건전성이 개선된다면 지금보다 훨씬 더 발전할 것이다.

충청도 _ 아산 현충사

나무들과의 대화와 이순신 장군 참배

현충사는 여느 곳 못지않게 상당히 잘 꾸며져 있었다. 자연 경관이 예쁘게 다듬어져 있다는 것이 상당히 감명적이었다. 하지만 보존하고 있는 자연경관에 비해 방문객 숫자가 너무 적지 않은가하는 생각도 들었다. 우리나라를 지키려고 했던 이순신 장군의 정신을 우리 후대에 이어 받는 노력이 과거에 비해 좀 약해지지 않았나 하는 우려가 든다. 독립기념관과 마찬가지로 많은 젊은이들이 찾을 수 있도록 접근성 확대해야 한다고 생각이 들었다. 주변 문화시설이 취약해 아쉬웠다. 주변에 머물며 문화를 즐길 수 있도록 정부의 노력이 필요하다.

외국인을 포함한 관광객들이 왔을 때 오랫동안 머물면서 문화관광과 더불어 지역의 발전까지 연계해야 한다. 그러기 위해서는 문화에 대한 인식이 선진국 수준으로 높아져야 한다. 선진국의 문화관광은 생활과 밀접한 관계가 있으며 그 자체를 즐길 수 있도록 배려해 준다.

현충사를 방문하는 관광객들에게 다양한 문화를 제공해줄 수 있는 관할기관인 문화재청 뿐만 아니라 충청남도와 지역주민들의 심도 있는 고민과 노력이 필요하다고 본다.

일상생활을 하면서 가끔 소중히 간직해야 할 문화가 제대로 축적되지 못하는 것을 본다. 과거에 존재했던 유물이나 유산이 어디에 있는지 찾지 못하는 경우가 그것이다. 최초 현충사가 건립될 당시인 1932년 때의 이순신장군의 영정이 어디 있는지 조차 알 수 없는 것이 단적인 예이다.

성웅 이순신

외국에서는 전쟁 영웅들을 잘 캐릭터화해서 상품화 하고 국익에 도움 되려는 노력이 보이는 것을 흔히 볼 수 있다. 우리나라에서도 이순신 장군 같은 경우 얼마든지 친숙하게 국민들에게 다가갈 수 있는 상품가치가 있다고 생각한다. 현충사 지역내에서라도 얼마든지 이순신장군을 모델화하여 훌륭한 가치를 높일 수 있음에도 그렇게 하지 못하는 것에 대해 안타까움을 느낀다.

이순신 장군의 얼을 기르기 위해서는 산발적인 행사가 아닌 통합적인 행사들이 있어야 하지 않을까하는 생각이 든다. 엄숙한 분위기로 다소 지루한 느낌의 행사가 아닌 축제분위기를 통해 더 많은 이들이 행사를 즐기고, 또한 그분의 얼을 기를 수 있도록 고민을 해보아야 할 것이다.

천문학적인 예산이 문화재 보존에만 쓰여 국민의 혈세가 낭비되고 있다. 문화재란 더 많이 알려 더 많은 사람들이 느끼고 즐길 수 있게 만들어야 한다.

그런데 우리나라는 반만년 역사 속에서 훌륭한 문화유산을 소유하고도 문화관광상품으로 발전시키지 못하는 현실을 보면서, 아직까진 문화후진국이 아닌가하는 생각이 든다.

가까운 일본의 예만 보아도 문화재 모형을 세련되게 상품화하여 국가의 수입을 늘리는 것이 다반사인데 우리나라는 수천년의 문화유산을 보유함에도 이를 잘 활용하지 못하는 것이 너무나도 안타깝다. 20세기가 IT · 전자 · 조선산업 등 기술집약적사업이 중추 산업이라면, 21세기는 문화기반을 바탕으로 한 문화산업이 국가의 핵심 산업이 될 것이다.

도고장군과 군신 이순신

"살려고 하는 자는 죽을 것이요, 죽고자 하는 자는 살 것이다"라는 이순신장군의 명언은 저의 마음속에 애국심이 무엇인지 가슴 깊이 깨닫게 하는 기틀이 되었다.

이순신 장군의 명성에 대해 단적으로 보여주는 사례가 바로 일본의 군신으로 불리는 도고 제독의 발언에서 찾아볼 수 있다. 청일 · 러일전쟁 당시, 일본 해군을 지휘했던 제독 '도고'는 청나라수군과 러시아 발트함대를 상대로 이기고 귀국했다. 일본

인들은 그를 보고 "당신은 영국의 넬슨제독과 함께 군신(軍의
神)이다" 라고 하자 '도고' 는 "그게 무슨 말이냐, 우리는 300여
년 전 조선 수군과 싸워 한 번도 승리한 적이 없다. 나는 조선의
이순신이 구사했던 학익진이란 전법을 배우고 연구해서 승리
했다. 나와 넬슨은 이순신 장군에 비하면 하사관에 불과하다.
이 세상에 군신은 이순신 한 사람밖에 없다" 며 이순신을 극찬
했다는 것은 유명한 일화이다.

올해로써 충무공 이순신 장군 탄신 454주년을 맞이한다. 장
군의 뜻을 잘 계승시켜 어려운 경제문제와 남북문제를 지혜롭
게 해결하는데 우리 모두가 지혜를 모아야 할 것이다.

30년 만에 다시 찾은 속리산

충청남도 보은군에 위치한 속리산을 찾아갔다. 중학교 때
수학여행 이후 30여 년 만이었다. 정확하게 27년 만이었다. 감
회가 참으로 새로웠다. 시장기를 채우기 위해 속리산 국립공원
입구에서 도토리묵과 산채비빔밥을 먹었다. 속리산 입구에 들
어서니 아름다운 풍경에 일상의 피로감이 싹 가셨다.

"아~ 어떻게 이렇게 아름다울 수 있을까"

속리산의 비경에 감탄사가 절로 나왔다. 우리나라의 많은

산을 가보았지만, 어느 산에도 뒤지지 않는 아름다움과 평화로운 자태를 마음껏 뽐내고 있었다. 산기슭 입구 옆에는 아담한 조각공원이 앙증맞게 조성되어 있고 그 옆에는 비교적 큰 얕은 냇물이 유유히 흐르고 있었다.

어찌나 물이 맑은지 투명한 냇물 속에 물고기 떼가 이리저리 노니는 모습이 한 폭의 그림이었다.

"아~ 세상 어느 곳이 이곳만큼 평화롭게 청정(淸淨)하겠는가!"

감탄사의 연발이다. 산속의 맑은 물속에 물고기가 노니는 모습을 보니 나는 어린 아이마냥 신기해했다. 산 위쪽으로 계속

복천암 주지스님과 함께

올라가니 이번에는 양옆으로 자연스럽게 뻗은 긴 숲길이 한 번 더 감동을 준다.

"어쩜 이렇게 가로수가 아름답게 이어질 수 있을까!"

미지의 낙원으로 가는 길처럼 평화와 여유로움을 함께 지닌 숲길을 지나 도달한 곳이 복천암(복천선원)이었다. 복천암에서는 이동영 비서 외할머님의 49재를 지내는 곳이다. 이날은 49재 마지막 날이었다. 이비서의 친지, 가족들과 스님들께서는 한마음이 되어 영혼의 극락왕생을 빌었다. 제를 마치고 복천선원의 주지이신 월성스님과의 만남을 가졌다. 스님께서는 엄하면서도 부드러움을 동시에 지닌 분이셨다. 스님께서는 복천암의 역사를 말씀해 주셨다.

복천암은 고려시대 개혁 군주인 공민왕께서 이곳 복천암을 매우 사랑했다고 하셨다. 또한 조선시대 세조와 세종도 이 사찰에 깊은 애정을 표하셨다고 한다. 스님께서는 신미대사와 한글에 대해서 의미 있는 말씀을 하셨다.

"한글 창제에 지대한 공헌을 했던 신미대사가 역사적 평가에 가려져 있다는 것은 매우 안타까운 일입니다. 조선 초 뛰어난 학승 신미대사의 비밀을 밝혀냄으로써 한글 창제와 관련된 왜곡된 역사를 바로 잡을 것입니다."

지난 30년 간 신미대사의 자료 수집에 전념해온 속리산 복천암 주지 월성스님은 "신미대사는 한글창제의 결정적 영향력을 끼친 인물임에도 불구하고 당시 유학자들의 그릇된 사관으로 한글창제의 배경과 과정이 왜곡돼 있다"며 "신미 대사를 역사적으로 재조명함으로써 왜곡된 역사를 바로 잡아야 한다."고 강조하셨다. 그러고 보니 보물 398호로 지정된 '월인천강지곡'에 대한 흥미로운 점이 발견되었다. 세종이 1449년(세종 31)에 지은 불교 찬가인 '월인천강지곡'은 용비어천가와 아울러 훈민정음으로 표기된 한국 최고의 한글 책이다.

그런데, 이는 숭유억불정책을 썼던 조선시대에 불교찬가가 나왔다는 것은 묘한 인연이 아닌가하는 생각이 들었다.

그리고 '나랏말싸미듕귁에달아…'로 시작하는 한글 어지(御旨)와 '國之語音異乎中國…'로 시작되는 한문 어지의 숫자의 비밀이다. 한글은 모두 108자고 한문 어지는 108의 꼭 절반인 54자로 이루어져 있는 것도 묘한 일이다.

스님은 또 이 같은 한글 창제에 주도적인 역할을 담당했던 신미대사가 후대에 알려지지 않은 이유에 대해 당시 숭유억불이라는 강력한 통치이념을 추진했던 시대적 분위기 때문이라고 말씀을 하셨다. 참으로 흥미로운 문제 제기인 것 같다. 스님과의 아쉬운 작별을 하고 잠시 나한전에 들러 부처님께 기도를 드리고 법주사로 향했다.

27년만의 재회!

중학교 시절, 무척 커 보였던 법주사. 항상 마음속에 그리던 사찰이었다. 멀리서도 눈에 먼저 들어온 것이 미륵대불이었다. 학창시절에는 시멘트로 옷을 입고 있었는데 이번에 가니 황금으로 옷을 갈아입고 있었다. 지금은 '금동미륵대불'로 불리어진다.

속리산 법주사의 가장 큰 기억은 바로 이 미륵대불 때문이었다. 높이 33m의 동양 최대의 미륵불 입상을 다시 보게 되니 참으로 감개무량하였다. 사실 나는 이 미륵대불이 현대사에서 건립된 줄 알았는데, 신라 혜공왕 때인 776년에 진표율사가 금동미륵대불을 처음 지었다고 한다. 나는 대웅전을 향하여 발걸음을 옮겼다. 대웅전을 향하는 동안 온통 잘 보존되어 있는 소중한 문화재 때문에 눈을 뗄 수가 없었다.

속리산 법주사는 553년 신라 진흥왕 14년 의신스님이 창건한 우리나라 미륵신앙의 요람으로 알려져 있다. 유명한 국보 55호인 법주사팔상전을 비롯하여 국보 5호인 쌍사자석등, 국보64

호인 석련지, 국보15호인 사천왕석등, 보물216호인 마애여래의 상 등 훌륭한 문화재들이 즐비하게 자태를 뽐내고 있었다.

아! 정이품송

우리에게 너무도 잘 알려진 아름다운 나무, 어쩌면 세계에서 가장 아름다운 소나무인 정이품송을 보러 갔다. 학창시절의 아름다운 형상의 기억을 떠올리니 흐뭇한 마음이 저절로 들었다.

그런데, 이것이 어찌된 일인가? 어릴 때 봤던 정이품송은 온데간데 없고 그 자리에 노쇠한 소나무가 힘없이 놓여 있었다. 1993년 강풍으로 서쪽 큰 가지가 부러지고 병충해에 시달리면서 아름다웠던 그의 모습은 이제 추억이 되어 버렸다. 항상 그 자리를 당당히 서 있을 것 같았던 아름드리나무가 서 있기조차도 버거워 하는 것 같아 마음이 아팠다.

정이품송에 대한 유래는 너무나 잘 알려진 것이다. 천연기념물 103호로 지정되어 있는 정이품송은 1464년 세조가 법주사로 행차하는 중 소나무 가지가 쳐져 있어 걸리게 되는 것을 나무가 저절로 들어서 지나가게 했었다고 한다.

이후에 세조가 나무에 정이품 벼슬을 내렸다고 해서 정이품송이라 불린다.

이 전설 같은 이야기는 우리의 가슴속에 아름다운 기억으로 영원히 간직될 것이다.

충청도의 꿈

행정복합도시는 충청권 주민들의 꿈이다. 사실 역대 정권에서 충청도의 표를 의식하여 항상 졸속 추진한 경우도 있지만 일단 한번 한 약속은 엄격히 지켜져야 한다.

충청도와 중앙정부에서는 행복도시가 잘 발전하도록 도와 지역발전에 이바지해야한다. 정권이 교체되었다고 해서 계획의 차질이 있어서는 안 된다. 행정복합도시의 발전 계획이 순조롭게 진행되리라 믿으며 주민들의 도움으로 더욱 발전해 나가리라 믿는다. 행복도시는 손꼽히는 계획도시이므로 지역민들의 삶의 질을 한 단계 높일 수 있는 공간이 되길 바란다.

다만, 불필요한 부동산 투기와 지나친 투기 심리를 부추겨 졸부들을 양성하는 오류를 범해서는 안 된다. 충청도민들에게 쾌적한 문화생활을 누릴 수 있는 투자를 아껴서는 안 된다.

공주, 부여의 문화와 잘 어우러지도록 해야 한다. 기존에 살고 있는 시민들에게 상대적 박탈감을 주어서는 안 된다는 뜻을 담는다.

가끔 구도심지는 공동화현상, 쇠퇴되고 신도시 개발로 외지인들이 잘사는 모순을 보게 된다. 오랜 시간을 두고 지역을 지켜온 이들에게 소외감이 들도록 하는 정책은 잘못된 정책이다. 우리나라 행정 가운데 전통을 무시하는 경향들이 있다. 우리의 전통과 뿌리를 소중히 다루면서 새 것을 병행하여 발전시켜나가는 현명한 지혜를 발휘해야 한다.

서울 주변에 어지럽게 개발되고 있는 신도시를 보라! 역대 정권의 무식하고 무분별한 정책으로 인해 현재 수많은 신도시가 서울주변에 계획되고 개발이 진행되고 있다.

인간의 필수 생활요소 중 하나인 것이 바로 주거이다. 특히 우리 국민들에게 주거는 전부와도 같다. 서울을 비롯한 수도권의 수많은 아파트들이 값비싸게 팔리고 있다. 일자리를 위해 서울과 수도권으로 몰려든 수많은 국민들이 자신의 소득보다 터무니없이 높은 집을 사기 위해 오늘도 발버둥을 치고 있다.

판교 신도시의 과도한 주택가격 책정 이후 서울과 수도권의 집값은 천정부지로 솟았다. 지금은 왠만한 직장인들은 집장만을 할 수 없을 만큼 올라 버렸다. 왜 지방에 사는 국민들이 서울로 몰리는데, 정부는 왜 방치할까?

현재 서울은 분명 만원이다. 서울 면적의 1.5배나 되는 문경시는 인구가 8만정도 된다고 한다. 문경보다 작은 서울은 1000만이 넘는다. 이 얼마나 비정상적인 구조인가? 서울에 거주하는 일부 학자들과 정치인들의 저출산을 걱정하는 듯 하는 모습이 다소 어색해 보인다. 서울은 사람들로 넘쳐나는데 저출산을 걱정한다?

서울에 얼마나 더 많은 인구가 모여야 만족할런지 씁쓸하기까지 한다. 인구가 골고루 분산되어 지방이 더 살기 좋아진다면 자연스레 인구는 늘어나게 될 것이다. 지금처럼 우리 서민들이 살기가 각박해지고, 지방이 어려워진다면 아무리 저출산에 대한 대책을 내놓아도 아이를 낳지 않을 것이다.

지방에 좋은 일자리가 생기고 지방의 수준이 서울에 버금가도록 문화, 교육, 의료 등의 정책을 펼쳐야한다. 여기에 꼭 명심해야 할 것은 주택과 사교육의 문제를 푸는 것은 말할 것도 없는 과제이다. 서울이 비대해지면 질수록 저출산문제는 더 심각해질 것이고 우리나라의 발전 속도 또한 더딜 수밖에 없을 것이다.

무위당 장일순 선생 기념관에서

강원도 _ 무위당(無爲堂) 장일순 선생

원주 신협 4층 건물

무위당 장일순 선생의 뜻을 기리기 위해 강원도 원주시로 향했다. 원주시는 처음 가는 곳이라 어떤 도시인지 궁금했다. 시내에 다다랐을 때부터 원주 신협을 찾기 위해 여러 길을 헤매면서 자연스레 거리를 구경할 수 있었다. 시가지는 평온했으며 잘 정돈된 느낌을 받았다. 특히 비교적 큰 재래시장의 생동감있는 상인들의 모습을 보았다. 예쁘게 조성된 차 없는 거리를 지나 신협 건물을 힘들게 찾았다.

전체적으로 원주는 많은 분들이 노력하고 있다는 느낌을 받았다. 작은 도시의 골목길에서 만난 아름다운 영혼, 아름다운 사람들 기억을 회상하며 무위당 선생이 남기신 생각들과 정신과 영혼들을 생애에 오랫동안 남기고 싶었다. 남기신 글 속에서 우리가 성찰해야 할 의미를 담아낼 '무위당 좁쌀 만인계'의 의미를 글로 옮겨 놓고 싶다.

'무위당 좁쌀 만인계'

무위당 선생은 평생 반독재정권에 맞서 싸웠으며, 노동운동과 농민운동을 공생의 논리에 입각한 생명운동으로 전환해 활동을 펼친 대표적인 사회운동가였다. 무위당의 사상과 삶을 한마디로 표현한다는 것은 무리다. 그러나 무위당의 삶을 굳이 표현한다면 '모심과 살림' 정도가 되지 않을까 싶다. '무위당 좁쌀 만인계'는 말 그대로 계이다.

생명을 살리는 농업을 중심으로 서로 품앗이도 하고 관혼상제를 함께 하며, 마을의 공동 일을 울력으로 해결하고 일상의 삶을 서로 격려하였다.

계는 마을 구성원이 모두 참여하여 공동체 안의 자연과 인간이 더불어 사는 마을 문화 의식이기도 하다. 그래서 계 태우는 날은 잔치이기도 하고 성찰의 날이기도 하다.

'무위당 좁쌀 만인계'는 첫째로 무위당의 살결을 좁쌀 한 알로 따름으로서 일상의 삶에서 생명평화의 삶을 구현하고 이웃과 함께하고자 하는 계이다. 그것의 구체적인 형식은 무위당을 이해하는 수준에서 이루어지되 끊임없는 수행을 통해 깊어지는 삶이다. 무위당의 삶은 우주적인 생명평화 공동체적인 삶이요, 이웃의 삶을 내 삶으로 하여 보듬고 살리는 삶이다. 우리가 계에 가입한다고 하는 것은 그러한 삶의 길에 나서는 것이다.

두 번째로 계라고 하는 것은 공동체의 발전을 위해 언제든 서로 소통하고 주기적으로 결산(성찰)하는 기능을 갖는다. 보통은 정월대보름을 전후로 해서 지난 1년간의 삶과 활동을 돌아보고 술도 한잔하며 그 해의 삶과 계 활동의 목표를 잡는다. 이를 '계' 태운다고 한다.

'무위당 좁쌀 만인계' 역시 매년 무위당 기일을 맞아 모여서 서로가 일 년 동안의 삶을 무위당의 삶에 비추어 성찰하고 새로운 삶으로 나가는 공동체 축제를 갖는다. 그러기 위해서는 그러한 계 형식에 맞는 모임의 계기만 필요한 것이 아니라 공간도 필요하다. 옛날 마을에서는 대개 마을 공터나 느티나무 아래가 계모임의 장소였다. 근대화 이후 마을에서 계를 태우는 형식은 마을 공회당이나 마을회관에서 진행되었다. '무위당 좁쌀 만인계' 역시 1년에 한번 '계'를 태우되 장소는 원주이다. 다만

'계' 태우는 구체적인 장소와 건물은 이후 계원들의 뜻을 모아 마련하는 것이 좋다.

세 번째로 계라는 것은 계를 통해 이웃의 사정과 현실사회가 돌아가는 정보를 교환하고 서로 힘을 모아 해결 할 일들을 해결하는 울력의 계이다. '무위당 좁쌀 만인계'는 이웃을 향해 열려 있으며 일상의 삶에서 필요한 다양한 일들에 대해 무위당의 삶과 정신으로 함께 하며 온 누리에 실천하는 계이다.

그것은 '무위당 좁쌀 만인계'가 생명평화의 의제설정기능과 실천기능이 있다는 의미이다. 따라서 '무위당 좁쌀 만인계'는 만 명의 계가 아니라 무위당의 삶을 따르려는 수많은 좁쌀들의 서약의 계이자 실천의 계다.

무위당(無爲堂) 장일순 선생은 현대사에서 실천하는 어른중의 한분이시며, 이분의 나눔의 정신은 사회적 약자를 위해 봉사하는 정신이기도 하다. 많은 분들이 무위당(無爲堂) 장일순 선생을 뵙고 갔다고 한다. 이제 제 2, 3의 무위당(無爲堂) 장일순 선생이 나와야 한다고 생각하며 우리사회에 여러 NGO단체들이 있지만 자기 것을 덜 취하고 사회를 위해 봉사하는 장선생의 얼을 기리는 단체들이 많이 나와야 한다는 바램이다. 작은 전시관에서 선생님을 처음 뵈었지만, 이런 선생께서 계셨다는 것만으로도 행복한 시간이었고, 많은 깨달음의 시간이 되었다. 대한민국 전역에 장일순 선생의 정신이 살아 숨 쉴 수 있도록 많은 분들의 관심과 노력이 필요하다고 생각한다.

학생들에게 가르치는 교육이 주로 경쟁에서 살아남기 위한 도구로 전락하지 않을까 하는 우려를 가진다.

특히, 특목고니 과학고니 하면서 사교육을 부추기는 경향이 많다. 학부모들도 내 아이만큼은 그러한 학교에 진학을 시켜야 한다고 생각하고, 그로 인해 아이들은 사회에 진출하기도 전에 무한경쟁시대에 빠져들고 말았다. 물론 많이 생각하고 많이 배우도록 하는 교육열에 대해서는 아무도 탓할 수는 없다. 하지만, 지식습득만을 위한 교육은 자칫 하면 인간이 가져야 할 기본적인 가치들을 잃어버릴 수도 있다.

기러기 아빠!

요즘 자주 나오는 말 가운데 '기러기 아빠' 라는 말이 유행이다. 자식의 공부를 위해 어머니와 함께 유학을 보내고 국내에서 홀로 남는 아버지를 일컫는 말이다.

자식의 교육을 위해 정상적인 가정이 무너지는 슬픈 문화가 우리나라에 생긴 것이다.

자식을 잘 가르치려는 마음이 지나치다 보면 인간이 추구해야 할 기본적인 행복을 잃을 수도 있다. 행복한 가정을 이루어 살아가는 모습이 어쩌면 자식을 위한 가장 기본적인 투자가 아닐까! 외국에 조기유학보내기, 과학고나 특목고 진학하기 등의 투자도 중요하지만 남을 배려하고 사랑하는 인성교육이 우리사회에는 더 소중하다.

치열한 경쟁시대에 우리의 아이들이 점점 이기적으로 변한다면 사회는 각박하고 무미건조해 질 것이다. 사교육비가 하늘 높은 줄 모르고 치솟는 가장 큰 원인 중 하나가 과도한 자식사랑에서 비롯된 학부모들의 책임이지 않을까!

'내자식만은 최고로 키워야지' 하는 마음들이 기러기 아빠를 만들어내고, 과도한 사교육비를 부추기고 있다. 아이들에게 더불어 사는 법을 가르치는 것이 훨씬 가치 있는 교육이지 않을까하는 생각이 든다. 우리 사회에 무위당 선생님의 생활철학과 가치가 제대로 실천된다면 지금보다 행복하고 따뜻한 사회가 자연스레 만들어 질 것이다.

155

헤이리 마을 서점 안에서

경기도 _ 헤이리 예술 마을, 쁘띠프랑스

헤이리 예술 마을

　경기도 파주에 위치한 헤이리 마을을 찾았다. 예술인들의 노력을 엿볼 수 있을 정도로 짜임새 있는 공간과 메뉴를 볼 수 있었다. 가는 곳마다 다양한 볼거리를 제공하여 도시인들의 답답함을 어느 정도 풀어주는 청량제 역할을 하는 공간으로 보였다. 주로 선진국에서나 볼 수 있음직한 테마파크 형태의 헤이리 마을을 보면서 수도권에 사는 시민들이 부럽게 느껴졌다.

　지방에 사는 국민들에게도 이러한 문화혜택을 누릴 수 있는 테마파크형 공간이 필요하다. 이러한 시설 조성을 위해서는 행정기관과 예술인 그리고 뜻있는 사람들의 지속적인 관심이 필요하다.

특히 헤이리 마을의 서점이 기억에 남는다. 서점의 인테리어 수준이 높아 보였으며, 내부 시설은 외국잡지에서나 볼 수 있음직한 멋진 공간을 뽐내고 있었다.

헤이리 마을이 더욱 사랑받기위해서는 다양한 계층이 와서 문화를 즐기고 느낄 수 있는 공간으로 자리매김 되어야 하지 않을까 한다.

헤이리는 어떤 곳인가?

1994년에 디자인되어 1997년에 만들어진 헤이리 문화예술 마을. 495000평방미터(15만평) 박물관, 갤러리, 작업실, 미술관 등 세계에서도 자랑할 수 있는 우리의 보배. 예술가들이 꿈꾸는 거대한 창작 공간. 국내외 작가들의 작품이 상설 전시되고, 문학, 음악, 연극, 무용, 전통예술 뿐만 아니라, 영혼이 쉴 수 있는 새로운 역사적인 문화공간으로 진화를 거듭하고 있다.

새로운 건축들이 시도되어 있어 재미도 가지고 있고, 독립적인 건축박물관으로써 후대에 역사적인 유물전시관으로 거듭날 것을 확신한다. 사람이 있고, 예술이 있고, 만남이 있고, 공간과 공간 속에서 사람과 현대와 미래가 포함된 설치물들. 지금은 미완에서 완성으로 가는데 시간이 걸리겠지만, 통일이 되면 통일의 광장으로써 세계의 많은 사람들이 소통하는 재미있고, 역사적 의미가 있는 담론의 장으로 성장할 것 같다. 작은 음악이 흐르는 공간에서 과거의 나와 미래를 생각하는 나를 만나게 해주는 공간. 따뜻한 우리의 가슴이 쉴 수 있고, 생각하게 하는 창조적 질문들을 나는 들으면서, 그곳에 머무는 시간이 다른 이에게도 서로 남겨지고, 전해지는 파주 헤이리의 아름다운 풍경을 나도 꿈꾸고 있다.

헤이리

헤이리가 (리농요 : 헤이리 소리)에서 헤이리 마을의 성격과 운명을 가늠케 했다고 한다. 헤이 헤이 헤이리 신난다 신난다

● **탄현면 금산리에서 전래되는 농요소리 '헤이리소리'**

헤이리소리

〈메김소리〉   어-헤헹 어-어엉
　　　　　　어-하어이 어허야
　　　　　　어러-리 소리는
　　　　　　농사꾼의소리라.

　　　　　　에–에헤야하
　　　　　　엥에루화 좋구 좋다
　　　　　　어러험마-듸어라

내·사랑·아하

에·네·헤
오·호오이 오호야하
명사안 대·천에
불·공을 마할고호

에·네헤
오호오이 오호야하
세월아 봄철아
오구 가지를 말어허라.

〈받음소리〉　에·에헤·
에·허이 어 허·야
에 헤 에·헤이리
노·호·오·호야

변방미술관 '가일'

한적한 시골마을 경기도 가평의 미술관을 우연히 방문하게 되었다. 미술애호가가 순수하게 투자하여 운영하고 있었는데 꽤나 감동적이었다. 예술이라는 것은 항상 인간의 마음을 풍족하게 해주는 마술 같은 존재이다.

도시생활의 각박함을 아름다운 예술작품을 통해 풍요로움으로 바꿀 수도 있고 그 작품을 통해 그동안 메말랐던 우리의

감성을 되찾을 수 있다면 얼마나 행복한 일일까?

가일미술관의 작품을 감상하면서 느낀 아쉬운 점은 보다 다양한 작품들이 전시되었으면 하는 마음이 들었다.

하지만, 개인이 박물관을 운영한다는 점은 높이 평가되어야 한다고 생각한다. 대기업에서 관심을 갖고 함께 문화 사업에 참여한다면 보다 내실 있는 미술관이 될 것으로 보인다.

꼭 수도권지역만이 아닌 지방에도 곳곳에 미술관이 생겨 지방 국민들에게 정서적인 풍요로움의 제공이 필요하다고 생각한다.

예비 학예사와의 대화

미술관을 안내해 주었던 젊은이와의 대화에서 정치인에 대한 질문에 상당한 불신을 나타냈고, 정치인에 대한 기대는 생각도 하지 않고 있다는 대답에 정치인의 한사람으로서 부끄러웠다.

또한 현실정치에서 가장 원하는 것이 무엇이냐는 질문에 그는 단연 일자리를 꼽았고 그 일자리를 통해 자신들의 꿈을 실현해 나가고 싶다고 대답했다. 하지만 이러한 건전한 사고를 가지고 열심히 살아가고 있는 젊은이들이 곳곳에 있기에 우리는 미래에 대해 불안해하지 말고 더 좋은 세상을 만들어 나가야 한다고 생각한다.

쁘띠프랑스

경기도 청평에 위치한 쁘띠프랑스를 찾아갔다. 주변 사람들로부터 수도권에서 꼭 한번 들러야하는 테마파크라는 얘기를 듣고 잔뜩 기대를 하였다. 쁘띠프랑스는 프랑스의 스트라스부르시에 존재하고 있는 도시지명이며, 중세 프랑스모습을 잘 보존되어 있어 프랑스에서도 상당히 유명한 곳이다. 한국에서 프랑스를 본다는 것은 자체가 너무 신나고 흥분되었다

우선 기존의 청소년 수련원을 청소년과 일반인들을 위해 좀 더 의미 있는 공간으로 만들었다는 점에서 신선한 느낌을 받았다. 일본 나가사키현에 있는 테마 리조트 공원인 '하우스텐보스' 이다. 하우스텐보스는 일본속의 네덜란드라 불리며 숲속의 집이란 뜻이다.

규모와 시설이 매우 잘 갖추어져 있어 해마다 국내외 관광객들이 끊이지 않는 관광명소로 자리 잡고 있다. 이처럼 일본은 자신의 문화가 아님에도 훨씬 성의 있게 제작하여 관광객들로부터 흥미를 불러일으키는데 최선을 다하고 있다.

그리고 테마파크로 지정한 곳은 철저한 설계와 예산 투입을 통하여 전혀 어색한 분위기가 연출되지 않도록 시간과 열정을 쏟아 붓는다.

나는 청평에 있는 쁘띠프랑스가 하우스텐보스처럼 웅장한 규모까지 바라진 않는다. 다만, 한 가지 관광 상품을 개발하더라도 최선을 다해 명품으로 만들어서 선을 보여야 하는 것이 옳지 않을까 싶다.

특히 프랑스라는 선진국을 모델로 삼아 그 나라의 문화를 재현한다면 보다 신중하게 접근해야 한다고 본다. 들어가는 통로부터 오르내리는 계단까지 어색하기 짝이 없는 비건축공학적 설계와 시공은 토목공학을 전공한 나로서는 아쉬움이 너무 많이 남았다. 차라리 이름을 '어린왕자 동산' 정도로 명명했음은 어땠을까하는 생각이 들었다. 어떤 계단은 상호 왕래조차 할 수 없을 만큼 비좁았고 이로 인하여 계단 앞에서 정체현상이 벌어지는 기현상도 있었다.

선진국의 쇼핑 가게를 흉내 낸 몇 곳의 상점도 많은 사람들이 어깨를 부딪혀야 하는 불편함을 가질 정도로 비좁았고 마치 남대문시장이 연상되었다.

만약, 프랑스인이 이곳을 방문하면 어떤 반응일까 하는 생각에 얼굴이 붉어졌다. 프랑스의 문화를 제대로 담아내지 못한 쁘띠프랑스로 인해 자칫 국내의 문화수준이 폄하되지 않기를 바랄 뿐이다.

경기도 _ 남이섬

나미나라공화국

　정부나 지자체가 운영하는 것이 아닌 개인이 운영하는 문화
공간이다. 겨울연가를 통해 남이섬이 부각 되었고, 실제로 그곳
에 가보니 많은 외국인이 방문하는 것을 보게 되었다. 하지만
반듯한 건축물과 위락시설이 있었으면 하는 아쉬움을 느끼게
되었다.

　남이섬의 강주변이 지저분한 것을 보게 되었는데 오염의 강
도가 심하다는 것을 느낄 수 있어 아쉬움을 남겼다. 주변을 좀
더 청결하게 하여 많은 국내외 관광객에게 깨끗한 이미지를 보
여주는 것은 어떨까?

상상을 해보자!

만약 어떤 나라에서 꽤 유명하다고 소문이 난 테마파크에 관광을 갔다고 치자. 비싼 여행경비를 치르고 힘들게 그 곳을 갔는데 주차시설도 제대로 갖추지 않은 엉터리 테마파크였다면 어떤 생각이 들까.

강우현 대표와의 만남

강우현 대표의 강연을 우연히 들을 수 있었다. 강연을 듣기 전에는 과연 무슨 내용을 담아서 말씀하실까? 약간의 경험담과 상업적인 내용이 섞인 무미건조한 내용이 되지 않을까 하는 예견을 하면서 가만히 듣고만 있었다. 사실 강연 전에 이미 남이섬을 직접 눈으로 보고왔기 때문에 더욱 그러했다. 의원 외교를 하면서 외국의 잘 가꾸어진 문화공간을 체험하면서 남이섬과 여러 방면으로 비교했을 때 어색한 부분이 많았기 때문에 직접 운영하는 대표의 이야기에 큰 기대를 걸 수 없는 상황이었다.

하지만 강연이 시작한지 20분쯤 흘렀을 때 나의 예측이 빗나갔음을 알 수 있었다. 시간이 흐를수록 그의 강연이 재미있어졌다.

강 대표님이 꿈꾸는 세상은 내가 생각하는 세상과 다를 것이 없었다. 문화를 체험하기 힘든 국민에게 더욱 많은 문화를 체험하게 해주는 것이다. 다만 아쉬운 것은 중앙정부의 보조가 부족하다고 느꼈다. 개인의 노력만으로 문화를 창조해 낸다는 것은 참으로 힘든 일이고 한계에 부딪힐 수밖에 없다. 중앙정부에서 좀 더 많은 애정이 필요하다고 생각한다. 강 대표님의 사상에 대해서 정부에서 숙지하여 전 분야에 유용하게 활용할 수 있기를 바라는 마음 간절하다.

처음에는 테마파크 경영자를 원망하겠지만 궁극적으로는 그 나라의 수준으로 평가할 것이다. 그만큼 관광산업이라는 것은 단순히 경영자의 영리추구라는 개인적인 입장뿐 만아니라 국가적 이익에도 밀접한 관계가 있다고 본다.

마치 불량제품을 수출할 경우 국가신인도에 영향을 끼치는 것과 흡사하다고 본다. 따라서 테마파크를 운영하거나 운영할 계획이 있는 단체에서는 어설픈 사업계획으로 출발하여서는 안 된다. 외국사례 분석과 철저한 계획 그리고 사전조사를 통하여 완벽한 시설을 갖추도록 노력해야 한다.

자칫 우리나라 동네에 쉽게 찾아볼 수 있는 슈퍼마켓처럼 변하는 오류를 범해서는 안 된다. 얼마든지 성의를 가지고 접근하면 훨씬 훌륭한 작품을 만들 수 있다. 우리나라는 올림픽과 월드컵을 치른 나라이다. 세계 12, 13위를 다투는 경제 강국으로 성장한 나라이다. 더욱 중요한 것은 반만년 유구한 역사와 문화를 가진 문명국이다. 따라서 테마 파크에도 우리의 자존심이 묻어나는 완벽한 설계와 건축물을 자랑해야 한다.

왜 우리가 일본보다 뒤처져야 하는가?

혹자는 이렇게 변론할 수 있다. 자본이 없어서 어쩔 수가 없다고. 그러면, 차라리 규모를 키우지 말고 작게 시작해야 한다. 대신 규모는 작지만, 완벽에 가깝도록 재현해 내어야 한다. 그렇게 해야 관광객들이 감동한다.

감동을 주지 못하는 테마파크는 실패작이다. 작지만 야무지고 완벽한 느낌을 주는 테마파크, 웅장하고 감동을 주는 테마파크! 전자든 후자든 나로서는 다 좋다. 언젠가 우리나라에도 감동을 주는 테마파크가 조성되리라 기대해본다.

171

강화도

강화도에서 4000년 가까이 되었던 고인돌(지석묘의 일종)을 본 순간, 역사를 뛰어 넘는 과거로의 여행을 하고 있는 인상을 받게 되었다. 세계적으로도 보기 힘든 문화유산을 제 눈으로 직접 보게 된 것은 상당히 인상적이었다. 4000년이나 가까이 된 우리나라 문화유산이 국보급으로 보존되어야 한다고 본다. 강화도에는 강화를 지키기 위한 지킴이가 있었다. 그분은 고려시대의 강화도를 재현시키고자 노력을 하고 있었다.

한번의 방문으로 아쉬움이 남아 5월 초에 다시 방문하게 되었다. 마침 고인돌광장에서 어린이날 행사가 열리고 있었다. 지인의 안내로 군수님과 지역주민들을 만나 강화도에 대한 여러 이야기들을 전해 들었다. 행사장에서는 각 지역 특산품을 판매하였는데 지역을 알리려는 주민들의 노력이 인상적이었다. 특색없는 국적불명의 기념품보다 의미를 담아낼 수 있는 수수한 강화도산 공예품은 경쟁력이 있어 보였다.

강화에는 옥토끼우주센터가 있었다. 아이들에게 꿈을 심어주는 다양한 프로그램이 운영중에 있었다. 서울의 코엑스전시관과 비교했을 때 전혀 손색이 없는 훌륭한 전시관이었다.

강화와 같이 지방 어린이와 학생들에게도 꿈을 심어 줄 수 있는 의미있는 우주센터 건립의 필요성이 느껴졌다. 훌륭한 인재육성은 곧 국가경쟁력을 이어진다. 어디선가 잠자고 있는 천재우주소년들을 발굴하기 위해서 국가가 더 많은 투자를 해야 한다. 꿈 많은 청소년들에게 우주에 대한 관심과 흥미를 느낄 수 있는 기회를 제공해 준다면, 머지않은 미래에 세계최고의 우주과학자가 한국에서 탄생할 수 있을 것이라고 확신한다.

고전과 미래의 만남이 이루어지고 있는 강화도는 조금만 더 노력하면 훌륭한 섬이 될 수 있다고 본다.

금강산도 식후경이라 했던가! 오는 길에 흑두부집을 들러 한끼식사를 해결하였다. 꽁보리밥을 청국장에 비벼 먹었는데 그야말로 웰빙음식이 따로 없었다. 우리나라의 다양한 먹거리

문화에 대해 감탄이 절로 나는 순간이었다.

　강화도에서는 풍부한 문화유산들이 곳곳에 숨어 있었다. 세계문화에 등재되어 있는 고인돌이 그 대표적인 예라고 볼 수 있다. 강화도가 우리나라의 중세국가를 재현하는 곳으로 자리매김 된다면, 상당히 훌륭한 관광자원이 되리라 본다. 향토 지킴이와의 대화 속에서 매우 인상적인 이야기를 들었다. 그분은 강화도를 고려시대의 옛 마을로 재현하고 자 하는 의지를 밝혔다. 참으로 현명한 방향설정이 아닌가.

　독일의 베를린과 가까운 지역에 드레스덴이라는 도시가 있다. 그 도시는 중 세 유럽을 그대로 보건하고 있는 사업을 수십 년 째 지속하고 있다. 지금은 오히려 현지인보다도 독일을 관광하는 외국 여행자들이 훨씬 더 드레스덴을 선호한다. 마찬가지로 강화도를 고려시대의 옛 마을로 재현한다면 훌륭한 관광도시로 명성을 떨치리라고 본다.

전라도 _ 광주, 강진, 나주, 담양, 영광, 목포, 홍도
흑산도, 영암

5.18 광주

빛고을 광주!

우리 현대사에서 광주를 빼놓고 말하는 것은 무의미하다. 광주는 우리에게 5.18 민주항쟁의 성지로 기억되고 있으며, 어쩌면 현대사의 불행했던 과거의 상징이다.

민주화의 성지 광주는 이미 국내뿐 만아니라, 독일을 비롯한 유럽, 미국, 민주화를 갈망하는 제3세계 국가에도 잘 알려져 있다. 나는 몇 차례 망월동 묘역을 다녀왔다.

항상 갈 때마다 민주화를 위해 희생당한 시민들을 보면서 가슴이 저미어 왔다. 그들을 희생으로 내 몬 군사정권을 생각하니 분노가 치밀어 오른다.

한번은 우리지역 당원들과 망월동 묘역을 다녀 온 적이 있다. 부산에 살면서 5.18 광주에 대하여 추상적으로 생각했던 이들이 많이 포함되어 있었다. 안내원의 지시에 따라 분향을 하고 묵념을 올렸다. 그리고 사진이 함께 있는 열사들의 무덤을 직접 눈으로 보면서 흐느끼는 이들도 있었다.

"야~ 광주가 이랬구나.

"얼마나 외롭고 힘들었겠노?"

망월묘지를 방문한 사람들은 아마도 그동안 무관심했던 자신들을 반성하는 모습을 보였다. 이렇듯 광주는 30년가량의 세월이 지났지만 생생한 기억으로 남아 있었다.

아시아 문화중심도시, 광주

민주주의의 성지인 광주를 더욱 발전시켜 세계적인 문화도시로 성장시켜내어야 한다. 시에서도 '아시아문화중심도시'라는 캐치프레이즈를 걸고 활발히 진행 중에 있다. 아시아문화중심도시를 위한 조성사업은 2023년까지 총 소요예산 2조 원 규모로 진행하며 내년 2010년에 국립아시아문화전당이 완공될 예정이다. 개인적으로 2조 원의 예산규모는 제대로 된 문화중심도시로의 기능을 하기에는 다소 부족하다고 본다.

문화중심의 도시라는 것은 품격 있는 도시를 뜻한다. 단순히 예술관이나 컨벤션센터 등 몇 개의 건물만 건립한다고 문화도시가 되지 않는다. 무늬만 아시아 문화중심도시가 되는 것은 외국 관광객들의 심기를 불편하게 만들 수 있다. 아시아 문화중심도시로 만들려면 훨씬 더 많은 예산과 정책적 배려가 필요하다. 도시 전체가 품격이 있어야 하며 수도 서울보다 높은 삶의 질을 가져야 한다. 우리는 중앙정부에서 지방을 달래는 수단으로 무슨 도시, 무슨 특별자치도, 무슨 혁신도시 등의 이름을 달아주는 것을 보게 된다. 구호나 생색내기용 사업은 일회성에 그치고 예산낭비가 된다.

광주를 문화중심도시 그것도 아시아의 으뜸 문화도시로 조성하기로 했으면 일본 등 타국가의 문화도시보다 훨씬 짜임새 있게 개발해야한다. 무엇보다도 국민소득수준을 우리나라 최고의 수준으로 끌어올려주는 것이 시급하다고 본다. 왜냐하면 현대사회에서 문화력은 경제력이 집중되어 있는 곳에서 성장하기 마련이다. 역설적으로 말하면 경제중심지역에서 문화가 집중되어 문화의 중심이 되는 것이다. 즉, 경제력과 문화력은 이원화될 수 없는 구조이다. 최근 광주에 경사가 찾아왔다.

2015년 하계 유니버시아드 대회 개최지로 확정되었다. 광주는 대만과 캐나다의 도시들을 따돌리고 최종 후보지로 선정된 것이다. 이러한 큰 국제행사를 통하여 광주가 아시아의 문화중심 도시라는 것을 세계 각국의 스포츠인들에게 각인시킬 수 있는 좋은 기회를 갖게 되었다.

문화특별시 광주

현재 우리나라 80%의 경제력이 서울에 집중되어 있다. 최소한 정부가 광주광역시를 문화중심도시 그것도 아시아 문화중심도시로 조성하기로 했다면, 이러한 경제력의 불균형부터 해소시켜 줘야 한다.

광주를 아시아에서 제일 잘 사는 도시가 될 때, 아시아 문화중심도시가 가능하다는 결론이 나오게 된다. 따라서 중앙정부에서는 하루바삐 광주를 문화특별시로 지정해야 한다. 1조 원의 국비 예산만으로는 절대 광주는 아시아는 고사하고 우리나라 문화중심도시도 되지 못한다.

문화특별시 지정이라는 정부의 의지표명을 통하여 전 국민이 광주를 다시 생각하게 만들고 많은 국민들이 광주를 찾도록 해야 한다. 정부는 도시와 관련된 정책을 내놓을 때 신중을 기해야 한다. 그리고 결정된 사항에 대해서는 최선을 다해 지원해야 한다. 그래야 국민이 정부정책을 신뢰하고 따르게 된다.

정부가 세계적인 '아시아 문화중심도시'로 광주를 키우겠다면 일차적으로 특별시의 지위를 부여하는 것이 바람직하다고 본다. 그렇지 않다면 지방도시에 문화공간 확보를 위해 큰 건물 짓는데 예산을 투입한 정도의 홍보만 하는 것이 광주시민을 위한 예의라고 본다.

우리는 광주의 발전에 지혜를 모아야 한다고 본다. 물론 서울도 훌륭한 유산을 간직하고 있지만 한국적인 전통의 맛을 떨어진다. 가장 한국적인 것이 가장 세계적이라는 말이 있지 않은가! 세계적인 문화도시가 되기 위해서는 가장 한국적인 문화가 살아 숨 쉬어야 한다. 서울은 이미 각종 개발로 인하여 더 이상 한국적인 전통문화를 담아낼 수 있는 공간이 없다.

그에 비하여 비교적 덜 파괴되고 재생 가능한 도시로 광주가 가장 적합하다고 정부가 판단한 것 같다.

따라서 광주를 도심지 내에 프랑스를 담아내고 있는 프랑스의 스트라스부르시처럼 작은 대한민국을 담아내는 도시 모델로 가져가야 한다. 즉, 문화중심도시 광주는 우리나라의 전통문화가 살아 숨 쉬는 중심도시로 가야한다고 본다.

특히 지리학적으로 광주는 호남의 중심이며 접근성이 매우 용이한 장점을 가지고 있다. 서울에 집중되어있는 문화 인프라를 과감하게 광주에 위임해야 한다.

전남 강진에서 다산 정약용을 생각하다

전남 강진에는 전통도자기인 강진청자가 유명하다. 이와 더불어 다산 정약용 선생을 기리는 다산초당은 이 마을의 소중한 자산이다. 다산 정약용선생의 말씀을 되새기면서 엄숙한 마음을 담아 강진군에 위치한 사적 제 101호로 지정되어 있는 다산초당을 방문하였다. 다산 유물전시관에는 여러 가지 유물들이 전시되어 있었으며 특히 "사상의 요체는 개혁이다"라는 글귀가 눈에 들어온다.

정약용 선생은 개혁의 선구자이시며 제1의 과학자이시다. 우리는 간혹 실용과 개혁을 정반대적인 의미로 해석하기도 한다. 내가 보기에는 개혁에는 실용이라는 뜻이 내포 되어 있다고 생각한다. 또한, 개혁이란 단어에 대한 거부반응이 예상보다 많다. 심지어 일부 언론이나 방송에서는 '개혁피로증'이란 신조어까지 나온다. 하지만 '개혁피로증'은 논리적으로 모순된 표현이다.

개혁(改革)의 뜻을 살펴보면 잘 아시다시피, '제도나 기구 따위를 새롭게 뜯어 고치는 것'을 말한다. 그럼 왜 제도나 기구 따위를 새롭게 뜯어 고치는가?

그것은 바로 묵은 제도나 기구는 발전을 저해하고 불편하기 때문이다. 따라서 개혁을 통하여 발전을 꾀하고 편리함을 얻기 위함이다. 어원에서도 아시다시피 오래되고 딱딱하게 굳은 가죽을 부드럽게 만들어 사용하는데 불편함이 없도록 뜯어 고치는 것이 개혁이다. 따라서 개혁과 실용은 상반될 수 없으며 '개혁피로증'은 개혁이라는 편리함과 피로증이라는 불편함이 모순되는 표현이므로 올바른 표현으로 보기 어렵다.

즉, 그동안 개혁이라는 미명하에 국민들을 피곤하게 만든 것들은 제대로 된 개혁이 아닌 것이며, 아이러니하게도 이 역시 개혁의 대상인 셈이다.

개혁은 인간을 이롭고 편하게 만든다. 다산 정약용 선생은 이를 정확하게 인식했고 실천하고자 노력했다. 과거 개혁을 부르짖던 정치인들이 제대로 된 개혁을 하지 못했기 때문에 개혁에 대한 인식이 거부감으로 나타나게 된 것이다.

그렇기 때문에 다산정약용선생의 개혁의 진정한 의미를 되새길 필요가 있다. 개혁과 실용은 떼려고 해도 뗄 수 없는 불가

땀 흘린 자가 대접받는 사회를 꿈꾸며

다산 정약용 선생께서는 「토지 제도가 문란해지면 사회가 문란해지고, 결국 나라가 흔들린다.」라고 말씀하셨습니다. 부동산 정책은 시대를 불문하고 한 나라를 유지하는 근간이 되는 것입니다. 지금 이 나라는 어떻습니까?

어제 저는 뉴스를 보고 제 눈을 의심하지 않을 수가 없었습니다. 판교 아파트 분양가가 평당 1800만 원에 달한다는 뉴스였습니다. 판교의 분양시기는 원래 예정 보다 1년이나 연기되었습니다. 그 이유는 원래 계획을 바꾸어 공영개발로 추진하기 위해서 입니다. 많은 국민들이 그렇게도 공영개발을 원했던 것은, 국가가 주체가 되어 사업을 추진한다면 과도한 개발이익을 챙기는 것을 막아 저렴한 가격에 아파트를 공급할지도 모른다는 기대 때문이었습니다.

이러한 국민의 기대를 외면한 채, 공영개발하는 아파트가 평당 1800만 원에 달하는 가격에 분양된다면 도대체 누구를 위한 택지개발이란 말입니까? 건교부는 지금까지 제가 부동산 투기에 대해 대책이 필요하다고 주장하면, 부동산 가격 급등은 일부지역에 거품이 생겨 일어난 현상이고 전국적으로는 아무런 문제가 없다고 했습니다. 나중에는 그 거품이 있는 대표적인 버블세븐지역 중 하나가 분당이라고 발표했습니다.

그럼에도 불구하고 공영개발하는 판교 아파트 분양가를 평당 1800만 원에 책정해 버리면, 이 가격은 정부가 공인해버린 꼴이 됩니다. 즉 저 가격은 인근지역 집값 하락의 마지노선이 되어버립니다. 도대체 집값을 낮추겠다는 의지가 있는 건지 조차 의심스럽습니다.

제 주변에도 판교만 바라보고 있던 많은 서민층과 중산층 국민들이 계십니다. 그런데 이번 분양가 발표를 보고는 다들 허탈하게 포기하셨습니다. 38평짜리 아파트를 분양 받더라도, 6억 원이 넘게 있어야 입주할 수 있습니다. 이 아파트가 과연 누구를 위한 아파트란 말입니까?

작년에 여야가 그렇게도 다투던, 종합부동산세 부과기준인 5억 원이라는 금액은 분양가로 따져도 이번에 분양되는 대부분의 아파트가 쉽게 넘어버립니다. 이 무슨 말도 안 되는 이야기 입니까? 판교가 애초부터 부자들만 사는 비버리힐즈같은 지역으로 계획되었습니까? 아닙니다. 그랬다면 주공에서 공영개발할 이유가 없습니다. 서민과 중산층을 위한 주거단지로 계획되었습니다.

89년 당시 처음 조성된 분당신도시는 평당 300만원에 분양이 되었습니다. 지금은 평당 3000만원이라하니 당시 분당에 입주한 분들은 17년만에 10배로 집값이 올랐습니다. 특정 지역에 산다는 이유만으로 이렇게 과다한 불로소득이 생긴다면, 열심히 사는 국민들에게 의욕이 생길까요? 과연 국민들에게 아파트 값 담합을 하지 말라고, 열심히 저축을 해야 한다고 말할 수 있겠습니까?

이제는 특단의 대책이 필요한 때입니다. 현재 25.7평을 기준으로 하는 채권입찰제도를 전면 재검토함과 아울러 공영개발의 취지에 맞도록, 공영개발 대상부지부터 택지조성과 아파트의 원가를 공개하여 정부와 공기업이 앞장서서 부동산 안정화를 도모해야합니다.

저 또한 아직 집이 없는 무주택자이기에, 집 없는 서러움을 누구보다 잘 알고 있습니다. 「백성이 관리를 위해 있는 것이 아니라, 관리가 백성을 위해 있어야 한다.」라고 하셨던 정약용 선생의 말씀을 오늘도 다시 한번 마음속에 되새기며 하루를 시작해 봅니다.

땀흘린 자가 대접받는 사회를 꿈꾸며….

2006년 8월 25일 국회의원 조 경 태

다산초당 앞에서

분의 관계라고 생각한다. 정치인은 끊임없이 다산 정약용 선생의 가르침대로 개혁적 마인드를 가지고 활동하여야 한다. 왜냐하면, "사상의 요체"는 개혁이기 때문이다.

아무리 훌륭한 스승의 말씀이라 해도 그 제자가 실천하지 않으면 무의미한 것이다.

'빛가람' 나주시

전남 나주는 배로 유명한 곳이다. 영암 월출산으로 가는 길목에 있는 곳이기도 하다. 민생투어를 하면서 시청을 방문하였다. 시청내부의 공간이 아름다운 나주시의 전경으로 채워져 있었으며, 공무원들의 분위기가 활기차 보였다. 전라남도의 혁신도시가 나주시에 건설될 예정이라서 그런지 발전에 대한 기대감이 높아 보였다.

신정훈 나주시장은 젊은 행정가였지만 지방자치, 지방분권을 위해 정열적으로 시정을 이끌고 있는 느낌을 받았다. 열심히 땀 흘리는 행정가를 보니 절로 머리가 숙여졌다.

아마도 신시장과 같은 지자체장이 전국에 배치되면 지방도시의 미래는 한층 밝아질 수 있으리라 생각되었다. 혁신도시의 이름도 '빛가람'으로 광주를 대표하는 빛과 영산강을 뜻하는

가람을 합쳐서 순수 한글로 지은 이름이다.

빛가람 혁신도시는 이름이 예뻐 보였다. 다소 아쉬웠던 점은 조감도를 보니 너무 현대식 건물로 채워져 있었다. 도농 복합도시에 어울리는 '빛가람' 이라는 이름처럼 아름다운 전통양식의 혁신도시를 기대해본다.

영산강을 비롯한 주변의 자연풍광이 어우러져 멋과 전통을 담아내는 멋진 명품도시가 나주시민의 힘에 의하여 건설될 것이다.

오후에는 나주에 거주하는 농민들과 대화를 나눴다. 평생

나주시청에서

동안 농사를 지어오신 어르신들과의 대화는 뜻 깊었다.

"농촌을 살려야 해~!"

"요즘 정치권에서는 농촌에 관심이 없는 것 같아~!"

"민주당도 싸우지 말고 잘해야 허~!, 지역정당으로 가서도 안돼~!"

부산에서 온 젊은 정치인에 대한 기대감이 대화에서 묻어났다. 이분들은 농사를 지으면서도 한국정치의 안타까움을 알고 있었다.

나주시 뿐만 아니라 대부분의 혁신도시의 조감도를 보면, 천편일률적으로 현대식 높은 건물들이 들어서 있다. 마치 카피(copy)한 듯한, 공장에서 찍어낸 듯한 요즘의 건축설계를 보면서 창의성 부족을 지적하고 싶다. 특히 도농복합도시의 경우

담양 가사문학관과 소쇄원

전라남도 북쪽에 위치한 담양은 기름진 평야와 수려한 자연경관과 많은 문화유산을 보존 · 발전 시켜 온 마을이다.

조선 시대 한문이 주류를 이루던 때에 국문으로 시를 제작하였는데, 그 중에서도 가사문학이 크게 발전하여 꽃을 피웠다. 이 가사문학의 산실이 바로 담양이다. 현재 가사문학관에는 정

철의 성산별곡·관동별곡·사미인곡·속미인곡, 정식의 축산별곡, 남극엽의 향음주례가·충효가, 유도관의 경술가·사미인곡, 남석하의 백발가·초당춘수곡·사친곡·원유가, 정해정의 석촌별곡·민농가 및 작자 미상의 효자가 등 18편의 가사가 전승되고 있다.

2000년 10월에 완공된 가사문학관은 비교적 깨끗하게 잘 정비되어 있었다. 하지만, 가사문학관을 들어가니 추운 날씨 탓인지 실내에서도 차가운 기운이 감돌았다.

훌륭한 문학관이 왠지 거의 발길이 없는 탓에 쓸쓸하게 느껴졌다. 아마도 현대인들의 가사문학에 대한 인식부족이 원인이기도 하지만, 가사문학이란 역사적 자산을 일반인과 공유하지 못한 탓도 있는 것 같았다.

여느 관광지처럼 이곳도 막대한 예산을 투자한 것에 비해 경제적 가치를 크게 가지지 못하는 것은 아직도 보여주는 관광의 후진성을 지적할 수밖에 없다. 무등산을 비롯한 식영정·환벽당·소쇄원·송강정·면앙정 등 훌륭한 볼거리를 겸비하고 있기 때문에 얼마든지 부가가치를 높일 수 있는 방법들이 있다.

단지 보여주기 관광은 지역경제에 전혀 도움이 되지 못한다. 충분히 쉬었다 갈 수 있는 공간들을 마련하고 지역특산물로 만든 먹거리, 저렴한 가격으로 살 수 있는 아기자기한 기념품 등 관광객들에게 오랫동안 머물 수 있는 기회를 제공해 주는 것은 어떨까?

문학관을 지나 소쇄원을 방문하였다. 소쇄원은 명승 제40호로 지정되어 있는 우리나라 최고의 민간정원으로 알려져 있다. 명성과는 달리 초겨울에 방문해서인지 약간은 썰렁한 느낌이 들었다. 소쇄원을 들어가는 입구는 그럭저럭 운치가 있어 보였지만 정원 앞에 도달하였을 때 약간 실망감을 감출 수가 없었다.

패인듯 한 정원의 바닥과 피난처처럼 느껴지는 낡은 목조 건물들을 제대로 보존하기 위한 노력이 부족하다는 느낌이 들었다. 안타까운 마음으로 친절히 안내해 주던 분에게 애로사항에 대해 청취하였다. 예상했던 대로 정부의 예산 지원을 절실히 바라고 있었다. 나는 서울로 올라와서 문화재청에 전화를 하여 안내해주신 분의 애로사항과 내가 느낀 그대로 전달하고 정부의 각별한 관심을 부탁드렸다. 중앙부처에서 조금만 더 신경 쓰고 지자체와 관리주체가 조금만 더 노력한다면 얼마든지 훌륭한 관광 상품을 만들어 낼 수 있는데도 좋은 자산을 사장시켜나가는 것 같아 안타까웠다. 우리나라 대표적인 정원의 원형을 간직했다는 명성과는 달리 소쇄원에서도 기념될 만한 기억보다는 아쉬움만 가지고 발걸음을 옮겼다.

그나마 소쇄원 안에서 (청문회를 통해)나를 알아보는 이들과 반갑게 악수한 것이 위안이 되었다. 내려오는 길에서는 멀리 부산에서 온 사람들과 또 한 차례 반갑게 인사를 나누었다. 그들이 다시 소쇄원을 찾을 수 있도록 외국사례를 벤치마킹해서라도 기본적인 관광 인프라를 하루바삐 구축하는 지혜를 짜 모아야 되지 않을까싶다.

영광군 불갑사

전라남도 영광군에 자리 잡은 백제불교의 도래지로 이름난 불갑사에 도착하였다. 사찰에 들어서서 잠시 아름다운 풍경에 "와~"하는 감탄사가 절로 나왔다. 한눈에 보아도 오래된 사찰임이 느껴졌다. 부산 근교에도 범어사, 통도사 등 훌륭한 사찰이 많이 있지만, 불갑사는 나의 시선을 사로잡는데 그리 긴 시간이 들지 않았다.

먼저, 대웅전에 들어가 부처님께 합장하고 주지스님이 계시는 곳으로 향하였다. 만당스님이 기다리고 계셨다.

방안으로 들어가니 연세 드신 스님이 한 분 더 계셨다. "수산스님" 이셨다. 만당스님께서 수산스님을 18년 째 스승으로

불갑사 방문 중 대안학교 학생들과 함께

모시고 있었다. 고려대학교 법대를 나와 고시 공부하러 불갑사를 찾았다가 깨달음을 얻고 제자가 되었다.

"하 하 하"

호탕하면서 절제된 웃음소리……. 그분의 표정만큼이나 순수한 웃음에 나는 반하고 말았다. "스님 한 번 더 찾아뵙겠습니다." 인사를 마치고 나오는 길에 불갑사를 견학하러 온 대안학교 학생들을 만났다. 쇠고기 청문회 덕분인지 나를 알아보는 학생들이 많았다.

"사인해주세요~!"

순식간에 학생들 속에 파묻히는 즐거움을 맛보았다. 이런 깊은 산속에 나를 알아보는 이들이 있다는 것을 느끼면서 감사하다는 생각이 들었다. 한국가사문학관을 둘러본 후 대안학교 학생들을 인솔하고 오신 선생님과도 반갑게 인사를 나누었다.

"팬입니다~"

선생님의 말씀에 힘이 났다.

"얘들아~ 안녕~! 잘지 내"

평소 아이들을 좋아하는 성격이라 학생들과 헤어짐이 아쉽게 느껴졌다. 뜻하지 않은 환대에 고마울 따름이다.

"불갑사"

짧은 시간에 많은 것을 보여준 절이다.

장흥

전남 장흥의 토요시장에서 하루를 보내며, 그곳이 지자체에서 살아남기 위한 몸부림의 하나로 느껴졌다. 장흥 군수님과 마을 주민들이 외부인들에게 장흥을 알리려고 애쓰는 모습을 보니 가슴이 찡해졌다. 우리 국민들이 사는 모습을 볼 수 있어서 참 좋았다. 매주 한 번씩 시장을 계속해서 열 수 있다는 점에 대해서도 대단하다고 생각했다. 전남 장흥군뿐만 아니라 다른 시군에서도 노력하는 지역민들의 모습을 보며 중앙정부에서 지방의 지자체에 대한 더 많은 예산지원과 행정적 지원을 아끼지 말아야 한다고 생각했다.

장터 언저리에서 할머님께서 쑥을 팔고 계셨는데, 만원어치의 쑥을 산 것에 너무나도 기뻐하시던 그분의 모습이 눈에 선하며 정겨운 시골풍경을 오랜만에 보게 되어 마음이 포근해졌다.

장흥의 토요시장

시골장터 하면 우리는 기억하는 것이 많다. 그곳에는 어디에서 왔는지 잘 모르는 신명나는 광대의 울림이 있는 공연장,

우리의 힘듦과 노동에서 오는 고달픔과 시름들을 녹여준 장터의 추억들, 새로운 마인드로 재래시장 전통의 장터를 새롭게 만든 장흥 토요시장.

그곳에 가면 우리 농촌에서 사라져가는 인심과 사람과 어머니, 할머니들을 만날 수 있다. 풍경을 들여다보면, 찹쌀 국화빵을 누구나 손쉽게 살 수 있고 어린 시절로 돌아가 가난한 시절의 국화빵 한 봉지를 사서 친구들과 사이좋게 나눠먹고, 들녘에 나는 보리잎, 머구잎, 숙지나물, 갓, 한강무우들을 보는 재미도 있다. 우리는 잃어버린 과거를 다시 찾고, 내안의 과거와의 화해를 모색해보고, 새로운 나가 아닌 현대사회에서 인색한 나를

장흥 토요시장에서

발견할 때면 왠지 슬퍼지지만 그런 맘이 생기면 지금 당장 장흥 토요시장으로 떠나라. 그곳에서 과거의 나의 어머니를 찾고 나의 할머니를 회상해보라!

소설 '태백산맥' 을 보면 어머니와 할머니의 호칭들, 그 속에 묻어둔 우리의 어머니, 희생의 역사 속에서 모든 것을 자식을 위해 의무적 헌신과 희생을 아끼지 않으셨던 모습을 장흥 토요시장에서 볼 수 있다. 이제는 고령화되고 텅 빈 시골의 초라한 실상들이지만, 그래도 지역을 지키고 그곳에서 새로운 지역문화와 경제를 활성화하기 위한 수고와 땀 흘림의 아름다움을 본다.

금강산도 식후경이라 했던가? 장흥 시장통 근처의 식당을 찾았다. 분주한 식당주인의 모습, 정성스럽게 차려주신 음식들이 맛깔스러웠다. 특히, 세발낙지의 맛은 예술이었다. 남도의 맛은 김치 맛. 젓갈 냄새가 진하게 묻어나는 김치 맛이 아직도 나의 침샘을 자극한다. 고급 레스트랑의 그 어떤 오찬도 이 맛을 따라갈 수 있을까? 참으로 행복한 점심식사였다.

목포

2009년 5월 목포에 갔다. 서울에서 목포까지 가는 길엔 우여곡절이 있었다. 서울을 빠져나가는 길이 매우 힘들었다. 수많은 차량들로 인해 제시간에 목포로 갈 수가 없어 서대전에서 KTX를 타고 목포로 갔다. 난생처음 목포에 도착하니 왠지 모를 가슴 벅참이 느껴졌다. 귀에 익숙한 항구도시 목포는 낯설지 않은 도시로 다가왔다. 마치 오래전부터 알고 있었던 도시처럼 친근하게 느껴졌다. 분주히 움직이는 여행객들과 고향을 찾는 이들이 정겹다. 목포 평화광장에서는 축제가 열리고 있었다. 손수 빚어 만든 생활도자기를 전시해 놓고 판매하는 남도인들의 소박한 모습이 잔잔한 감동을 준다.

개항한지 100년을 훌쩍 넘은 전통의 도시 목포는 아쉽게도 성장 동력이 부족해 보였다. 서남해안의 중심도시로 발전시켜 나가기 위해서는 중앙정부의 지원과 관심이 필요할 것 같다.

개인적으로 목포가 발전하기 위해서는 인재양성을 위한 특성화된 대학이 필요하다고 본다. 목포대학교 등 목포에 있는 대학을 특정분야에서 국내최고, 세계적인 대학으로 육성시켜야 한다. 여기서 배출된 인재들과 맞물려 산업이 개발되고 일자리가 창출된다면 목포는 보다 안정되고 구체적인 발전을 이루어 낼 수 있다. 목포에는 국민들의 귀에 익은 유달산, 삼학도 등 명소들이 있다. 이들 명소들과 항구의 특성을 잘 살린다면 해상관광의 부가가치도 높일 수 있다. 국내외 관광객들이 머물 수 있

갓바위(천연기념물 제500호) 앞에서

는 일류 숙박시설과 위락시설도 필요하다.

현재의 목포는 아직 잠자고 있지만 언젠가는 웅비할 수 있는 풍부한 잠재력을 지닌 도시임에는 틀림이 없다. 목포앞의 바다와 물새들의 아름다운 광경을 보면서 호주 시드니 항을 떠올려 보았다. 이국땅 시드니보다 훨씬 친근한 목포의 바다를 보면서 나는 어쩔 수 없는 한국인인가 보다. 우리나라에서 가장 섬이 많은 군이 목포와 인접해 있는 신안군이라고 한다. 신안군에는 1004개의 크고 작은 섬이 있다. 이 섬마을 주민들은 일주일에 한 번 꼴로 목포시에 들러 생필품을 사기도 하는 등 경제활동을 한다. 그만큼 목포는 서남해의 중추도시이다.

해상국립공원 홍도

목포에서 배를 타고 홍도로 향했다. 배멀미가 걱정이 되어 미리 배 멀미약을 먹었다. 2시간 30분 이상을 가다 보니 잠시 눈을 부쳤다. 중간지점 이후 1시간 정도 잠이 들다 깨니 홍도에 도착했다는 안내방송이 흘러나온다. 홍도! 저녁노을이 질 때면 섬 전체가 붉게 물든다는 뜻을 지닌 홍도는 참으로 아름다웠다. 안내해주시는 홍도 분들과 담소를 나누면서 산중턱까지 올라갔다. 아름다운 섬에는 약 520명가량 주민이 살고 있다고 한다.

홍도에서 주민들과 함께

서울에서 출발하여 하루이상 걸려서 도착한 우리 땅 홍도가 아니던가!

홍도에 사는 주민들이 자랑스럽게 느껴지는 순간이었다. 때로는 세찬 비바람과 싸우고 때로는 대자연에 순응하며 살아가는 분들이 있기에 우리나라가 존재하고 있는 것이다.

홍도는 섬전체가 천연기념물로 지정되어 있다. 그러다 보니 수십 년간 각종 규제로 인해 주택들이 무질서하게 들어서 있었다. 아이러니하게도 해상국립공원과 관련된 온갖 규제 때문이라고 한다. 우리나라는 경상남도 ,전라북도, 충청남도를 아우르는 해상국립공원이 있다. 해상국립공원에 지정되어 있는 섬마을 주민들은 각종 건축규제로 인해 수십 년 간 어려움을 겪고 있다. 이에 대해 우리 정치권이 힘이 되어야한다고 생각한다. 하수도 개보수를 하려고만해도 각종 관청의 감시감독과 간단한 개보수에도 불법 건물로 지정되어 어려움을 겪게 한다. 심지어 해상국립공원 지정을 철회해 달라는 민원이 속출하고 있다.

해상국립공원은 수려한 자연환경을 가지고 있다. 관광객들이 수려한 자연환경을 감상하기 위해 그곳을 방문하는데, 정작 그곳에 관광객을 수용할 변변한 숙박시설이 존재하지 않는 것에 대해 많은 아쉬움을 느낀다. 숙박시설을 제공하여 많은 관광객들이 편안히 해양국립공원의 자연환경을 관람할 수 있도록 하고, 아울러 거주민에게 실질적인 혜택이 주어질 수 있도록 해야 한다. 해상공원으로 지정되어 있는 곳의 거주민들이 훨씬 자부심을 갖고 살아갈 수 있도록 해야 한다.

홍도에서 뭍으로 나오는 길에 흑산도를 잠시 경유하였다. 산중턱에 서있는 흑산도아가씨 비를 직접 눈으로 보면서 또 한 번의 감동을 느꼈다. 흑산도 역시 눈부시게 아름다운 섬이었다. 부둣가에서 마른 해초류를 판매하시는 할머니를 보고 마른 톳나물을 샀다. 그 순간 부산에서 오신 관광객들이 나를 알아보고 악수를 청했다. 멀리 부산에서 배를 타고 흑산도까지 관광 온 그들이 고마웠다. 지역주의는 정치권에서부터 출발한 것인 만큼 정치권에서 해소시켜 주어야한다.

우리 국민들은 내나라 내겨레 내땅을 사랑한다. 우리 국민은 결코 네땅, 내땅으로 편 가르는 국민이 아니다. 흑산도에서 배를 타고 나오는 길목에 고기잡이배에서 그물을 점검하고 계신 할아버지를 보았다. 배가 있는 곳으로 내려가 할아버지께 손을 내밀었다. 할아버지께서 흔쾌히 굳은 살 배긴 손으로 나를 잡을 주셨다. 먼 바다 남도에서 우리는 하나라는 것을 느낄 수 있었다.

흑산도 마을 어귀에서

영암구림마을

정과 삶의 발자국으로 엮어진 선비마을

2천2백년을 이어온 마을

한반도의 서남쪽 끝자락 영암 땅, 남도 땅에서 달이 가장 예쁘게 뜨는 월출산이 있다. 그 월출산 무릎 아래 2,200여년을 그 자리를 그대로 지키고 살아온 마을이 있다. 바로 구림이다.

구림마을은 흐드러진 벚꽃, 드리운 황토빛 돌담길에 오랜 역사의 자락 길게 늘어뜨린 고즈넉한 마을분위기가 말해주듯 우리나라 자연마을 가운데 그 풍광과 규모는 물론 더불어 사는 공동체 전통에서도 으뜸이라고 할 수 있는 남도의 명촌 이다.

그러나 구림마을은 안동 하회마을이나 순천 낙안읍성민속마을과 달리 잘 정돈된 민속촌은 아니다. 중간에 양옥집이 들어

섰는가 하면 여전히 일본식 목조주택들도 이곳저곳에 자리 잡고 있고 전통마을이라는 이름을 무색케 하는 어수선한 구석도 적지 않게 눈에 띈다. 하지만 이런 것들은 그냥 눈에 보이는 것들일 뿐. 정자 하나, 돌담 하나에 담긴 이야기에 귀를 기울이면 새록새록 솟아나는 마을의 매력에 흠뻑 빠져들 수밖에 없다.

도선의 전설에 기인한 마을 이름

신라시대 말엽, 월출산 성기동에 사는 한 부잣집 처녀가 마을 앞 성기천에서 빨래를 하고 있을 때, 파란 오이가 하나 떠내려 왔다. 한겨울에 무슨 오이일까. 이상했지만 처녀는 마침 배가 고파서 오이를 맛있게 먹었다.

그 후 이상하게도 처녀의 배가 불러오기 시작하더니 열 달만에 사내아이를 낳았다. 처녀의 부모는 남들이 알까 두려워 아이를 몰래 월출산 국사봉 대밭에다 버렸다. 하지만 처녀는 아이가 보고 싶어 미칠 지경이었다. 그래서 사흘 후 부모 몰래 국사봉으로 갔다. 그런데 웬일인가. 수십 마리의 비둘기가 아이를 포대기처럼 감싸 안고 있었고, 처녀가 다가가자 방긋 웃기까지 했다. 처녀는 너무도 사랑스러워 아이를 안고 집으로 돌아왔다. 바로 이 아이가 고려의 개국공신이자 풍수사상의 대가인 도선국사이다. 구림(鳩林)이라는 마을이름도 이 전설에서 기인하고 있다.

마을 이름에서부터 시작되는 이와 같은 신비한 전설은 구림마을 구석구석에까지 마을 전체를 관통하며 다양하게 깃들어 있다. 외지에서 처음 방문한 사람들도 일단 구림마을에 들어서면 국중영산(國中靈山)인 월출산의 신령스런 기운에 잠기면서 고향에 찾아온 것처럼 마음이 푸근해진다고 한다. 그래선지 이곳에서는 일본 아스카 문화의 시조인 왕인박사와 도선국사, 고려 개국공신 별박사 최지몽, 경보선사 등 수많은 인걸이 배출됐다.

구림마을의 골목을 거닐다 보면 일단 잘 정비된 한옥들과 토담의 정취, 그리고 회사정과 간죽정, 죽림정, 쌍취정, 요월당과 육우당, 호은정 등 선비들의 깊은 수양과 역사가 배인 정자들에 절로 옷깃을 가다듬게 된다. 또한 화민성속(化民成俗)의 성격을 지닌 500여년 역사의 대동계는 오늘날에도 지역사회를 정화하고 주민들의 화합을 다지는 기반이 되고 있다.

잘 가꾼 문화유산

지난해 한국내셔널트러스트에서 구림마을을 '잘 가꾼 문화유산'으로 지정하고, 전라남도에서도 전통한옥 보전마을로 가꾸어가고 있는 이유가 바로 여기에 있다.

급격한 개발과 도시화로 원형적이고 예스러운 것들을 잃어가는 오늘날, 요즘도 구림마을의 골목골목에서는 선현들의 향기와 문화유적들의 나직한 속삭임이 들려오는 듯하다. 그리고 왕인박사 유적지 뒤편의 성천에 목을 축이고 어험스런 월출산 주지봉을 바라 보노라면 고산 윤선도의 '월출산' 이 귓전을 맴돈다.

> 월출산이 높더니마는
> 미운 것이 안개로다
> 천황제일봉을
> 일시에 가리와라
> 두어라 해 퍼진 후면
> 안개 아니 걷히랴

구림에서는 모든 것이 느리게 보인다. 자전거를 타고 들 일을 가는 사람도, 걸어가는 이도, 우산각에 앉아 이야기를 나누는 촌로들의 움직임도 마찬가지다.

그곳 마루에서 발을 내디뎌 고무신을 신는 일마저 굼뜨기 한량없고, 말을 걸어도 묵힌 된장 같은 대답이 한 박자 걸러 되돌아온다. 황토를 켜켜이 밀어 넣어 만든 낮은 돌담도 느리게 휘어져 있다. 나른한 오후의 햇살 아래 모든 풍경이 느린 재생 화면처럼 천천히 지나간다.

긴 시간은 모든 것들을 닳게 하고 완만하게 만드는 듯하다. 그들은 그렇게 2,200년을 이 땅에서 살아왔다. 돌담길을 따라 흐르던 옛 이야기는 애절한 사랑이야기에서 정점에 도달한다. 고죽 최경창의 유물을 볼 수 있는 고죽관의 대문 옆에는 커다란 시비가 서 있다.

"묏버들 가려 꺾어 보내노라, 님의 손대
자시는 창밖에 심어 두고 보쇼셔
밤비에 새 닙 곳 나거든 날인가도 너기쇼셔"

누구나 한번쯤 들어 봤을 이 시조는 기생 홍랑이 이별을 아쉬워하며 연인이었던 고죽 최경창에게 건넨 시조이다. 관기였던 홍랑과 사대부 집안 최경창의 사랑은 당연한 수순처럼 이별과 희생, 죽음으로 이어져 안타까움을 전한다. 홍랑이 죽은 후 그녀의 지고지순한 사랑을 인정한 최씨 문중에서 선산에 최경창 부부와 같이 그녀의 묘를 써 줬다고 하니 이 또한 놀라운 일이다. 전설이나 설화가 아닌 이야기가 주는 감동이기에 더욱 특별하다. 그것이 인간사를 영원히 좌우할 테마인 사랑이라면 더 말해 무엇하랴.

이외에도 한석봉과 어머니의 떡썰기 설화가 전해지는 육우당을 비롯해 대동계사, 국암사, 간죽정, 죽림정, 죽정서원 등 굵직굵직한 역사와 사연을 가진 문화재들이 고송들과 어우러져 자태를 뽐내고 있다.

집 안이 훤히 들여다보이는 야트막한 돌담길을 따라 걸으며 전해 듣는 다양한 옛 이야기에 발걸음이 흥에 겹다. 그 오랫동안의 역사가 품은 이야기를 속속들이 알 수야 없지만 우리네 선조들이 살고 또 우리네 이웃들이 지금 살고 있는 이곳 구림마을

에서 마치 보물을 찾듯 역사 속으로 한걸음 더 들어가 보면 또 다른 향기가 피워 오른다.

구림의 역사, 왕인의 흔적

구림의 역사는 삼한시대로까지 거슬러 올라간다. 그때의 바다는 간척된 농토로 변하여 옛 자취를 찾아보기가 쉽지 않았지만 구림은 바닷가에 자리 잡고 있었다.

지금으로 치면 부산, 인천항 정도의 가치를 지녔을 이곳은 반도의 산물이 모여 중국과 일본, 혹은 더 먼 나라까지 오고 가는 중요한 교역항이었다.

먼 옛날, 배가 들어오면 짐을 부리는 사람들로 항구는 분주하고 긴 항로를 헤쳐 온 뱃사람들은 주막에 들어 거나하게 술잔을 들며 객고를 달랬을 것이다. 이곳엔 조선소, 커다란 창고, 거간꾼, 짐꾼, 그리고 이들을 지키는 군사시설, 교육기관까지 자리 잡고 있었을 것이다.

405년 왕인 박사가 떼배를 타고 일본으로 출항한 상대포도 지금껏 남아있다. 당시에는 국제무역항이던 포구가 지금은 작은 저수지에 가두어져 있다. 일제 때부터 주변 바다를 막아 농토로 개간한 때문이다. 작은 못이지만 그곳에 저무는 저녁노을은 여전히 찬란하다.

왕인박사에 대해서는 아직도 이견이 분분하다. 일각에서는 역사적으로도 입증하기 어려운 왕인박사를 영암 최고의 인물로 꼽는 것이 무리라는 비판도 있다. 하지만 영암에는 그가 어린시절 학문에 매진하며 시간을 보냈다는 문산재와 책굴이 그대로 남아있고 도일을 위해 뗏목에 올랐던 상대포도 곳에서 호수로 지형만 바뀌었을 뿐 터가 그대로 남아 있다. 그가 조류와 해풍만으로 당도하게 된 일본 오사카 근처의 히라카타시에선 왕인이 '학문의 신'으로 받들어지고 있고 사당으로 지어진 왕인의 무덤은 무궁화 꽃으로 뒤덮여 후세인들의 관리 아래 보존되고 있다.

왕인 박사 같은 뛰어난 학자를 배출한 덕에 과거 영암은 전라도 사람들이 혼인 후 반드시 거쳐 가는 관문이었다. 왕인의 어머니가 목욕을 하고 물을 떠 마셨다는 성천은 얼마 전까지만 해도 아이를 낳기 전 어머니들의 기도장소로 통했다. 왕인 박사가 수학한 문산재는 조선시대에도 명성이 자자해 문생들이 몰리면서 바로 옆에 양사재를 한 채 더 지어 학생들을 받아야할 정도였다.

구림마을의 왕인박사 집터에는 두개의 바위 덩어리가 있는데 '왕인 박사 같이 총명한 아이를 낳겠다.'는 어머니들의 무수한 손길이 닿아 바위색이 새까맣게 변해버렸다.

전통과 미래를 잇는 공동체

구림마을은 일반적으로 한 마을이 보여줄 수 있는 문화와 전통과 공동체의식을 훌쩍 뛰어 넘는 무언가를 갖고 있다.

현재의 구림마을은 전남 영암군 군서면의 동·서구림리와 도갑리 등 3개 지역으로 형성된 전형적인 반촌(班村)이다. 월출산 자락의 영산강 하구에 위치한 이 마을은 길게 보면 2000년 전의 마한 시절(선사유적지)부터, 적어도 1000년 전 통일신라 시기에 대당 무역항(상대포)으로 상당히 번성한 지역을 이뤘던 것으로 추정된다.

이 마을의 가장 중요한 전통은 조선 중기인 1545년 임구령(林九齡)이 지남제(指南堤)를 축조해 1000여 두락의 농토를 조성하면서 이를 바탕으로 1565년 향약 성격의 주민자치조직 대동계(大洞契)를 창설한 데에서 찾을 수 있다.

지금까지 400년 이상 이어지고 있는 이 대동계는 80여 명의 계원을 중심으로 마을의 대소사에 의사결정을 하고 있는 살아 있는 조직이다.

대동계를 비롯해 이 마을 각종 조직의 기틀이 되어 온 4대 성씨(낭주 최씨, 함양 박씨, 창녕 조씨, 해주 최씨) 또는 6대 성씨(4대 성씨에 선산 임씨, 연주 현씨 포함)는 그 동안 제각기 중요한 문장가와 학자들을 배출했으며, 지금도 '견제와 협력'의 마을 전통을 구성하는 바탕이 되고 있다.

특히 6·25전쟁 기간 중 당시 이 마을이 갖는 시공간적 특수성 때문에 큰 학살 사건들이 일어났음에도 불구하고 그나마 그 정도에서 멈추고 그 이후 반세기 이상 마을 내부에서 가해자와 피해자의 후손들이 큰 말썽 없이 얼굴을 맞대고 지낼 수 있었던 데에는 이 같은 공동체 정신과 독특한 '사회적 용인'의 분위기가 작용했던 것으로 평가되고 있다.

경상도 _ 고성, 진주, 경주, 남해, 함안, 의령
창녕, 지리산

고성 공룡엑스포

우리나라에는 고성군이 두 곳이 있다. 한곳은 경남 고성(固城)이고 또 한곳은 강원도 고성(高城)이다.

경남 고성은 나의 어린 시절을 기억하게 하는 곳이다. 지금도 고향의 이미지를 떠올리고 정서적으로 풍부함을 가지도록 만들어 주는 소중한 곳이다.

고향은 언제나 나를 따뜻하게 맞이해준다. 고향은 각박한 도시생활을 잠시나마 잊게해주는 휴식처가 되어 주고 청량제 역할을 해준다.

현재, 고성에서는 '공룡' 이라는 테마를 통해 전국적으로 인지도를 높이기 위해 군민들과 공무원들이 최선을 다하고 있다.

공룡엑스포 행사가 열리는 이 지역은 공룡의 발자국이 많이 보존되어 있는 공룡 화석지이기도 하다.

공룡은 아이들에게 무한한 꿈과 상상력을 심어주는 동물이다. 고성공룡엑스포를 일회성이 아닌 지속적인 연구와 투자를 통해 아시아의 특화된 관광지로 개발해 내어야 한다.

고성엑스포 전시관 관람

공룡엑스포가 열리고 있는 현장을 방문했다. 조그마한 마을에서 열리는 행사치곤 믿기지 않을 정도로 그 행사는 많은 내용을 담고 있었다. 특히 엑스포를 관람하기 위해 찾아온 수많은 관광객들과 주차되어 있는 많은 자동차들을 보며 공룡엑스포는 이미 절반이상의 성공을 이루고 있다는 것을 눈으로 느낄 수 있었다. 공룡엑스포 행사장을 관람하면서 그 믿음은 더욱 커져갔다. 어떻게 조그만 군단위에서 이렇게 훌륭한 행사를 치를 수 있을까 하는 마음마저 들 정도로 행사는 차질 없이 치러지고 있었다. 중앙정부에서 보다 많은 행정적인 재정적인 지원이 뒷받침된다면 엑스포는 남부지방에 사는 지역민들에게 훌륭한 문화와 볼거리를 제공해 주리라 생각된다. 경기도의 쁘띠프랑스

공룡 세계엑스포를 축하하며

나 남이섬과 비교해도 행사의 규모나 내용면에서 훨씬 더 알찬 모습을 보게 되었다.

공룡엑스포 현장방문을 통해 느낀 점은 지방민들도 얼마든지 수도권에 사는 사람들 못지않게 훌륭한 문화행사를 치러낼 수 있다는 있다는 것이다.

이구아노돈

여름 쌍발에서

박현숙

쥐라기 공원 거대한 바위
진화의 현장에 서 있다
중생대 쯤 살았다는
이구아노돈 그 발자국
상족암에서 본다

초신성의 폭발에서부터
지구의 탄생에 이르기까지
내 상상력은 우주의 변두리를
돌고 돌다가
어느 덧
내 아파트에 두고 온 이구아나
쌍발에 놓여진다
피브시 세트장 속

파르르 일광욕 하던
내셔널 지오그래픽 속에도 있던
초록의 이구아나
지금 여기
삶의 최적지로 귀환한 것인가

생존의 시대에 따라
이구아노돈은 이구아나가 되는

중생대에서
포스트 모던까지
내 생의 흔적은
또 어떤 슬픔의 비릿한 발자국 남기며
켜놓지도 않은
우주의 화면속에서
아득히 명멸해 가는 걸까.

엄홍길 기념관

거류산 기슭에 자리 잡은 엄홍길 기념관을 들렀다. 동양인으로서 최초로 히말라야 8,000m이상의 봉우리 14좌를 등반한 위대한 산악인 엄홍길 선생을 간접적으로나마 뵙게 되었다. '동양인 최초' 라는 수식어가 왠지 기분을 들뜨게 하였다. 우연의 일치일지는 모르나, 엄 선생은 나의 고향 선배님이시기도 하다.

엄 선생님의 등반하는 대형사진을 보는 순간, 96년부터 거센 지역주의와 싸워왔던 나의 험난했던 시간들이 파노라마처럼 스쳐지나 갔다.

이 기념관에서 새로운 사실도 알게 되었다. 히말라야 산맥의 14좌를 등반한 사람이 전 세계적으로 14명이었다. 이들 가운데 3명이 자랑스러운 대한의 건아였다. 순간 과거 만주벌판과 그이상의 대륙을 호령하던 옛 선조들의 기운이 느껴졌다. 기념관에서의 짧은 만남은 우리 민족의 불굴의 의지를 확인하는 소중한 시간이었다.

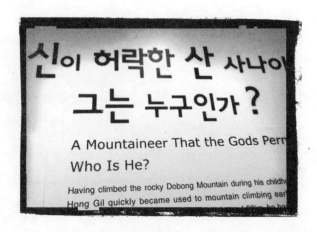

거류산 등정하다

엄홍길 기념관을 나와 풀밭에서 충무김밥을 먹었다. 따스한 햇볕을 받으며 김치와 먹는 김밥은 달콤했다. 식사 후 거류산을 오르기 시작했다.

거류산은 나에겐 고향의 산이다. 그래서인지 어머니의 품처럼 포근하고 따스하게 나를 반겨주었다. 평소 산행할 기회가 그리 많지 않은 터라 힘이 들었지만, 엄홍길 선생의 정신을 되새기며 한발 한발 정상을 향해 나아갔다. 그 산행 길에 고향선배님들이 많이 참여 해 주셨다.

특히 고성거류면의 체육회 회원님들과 거류면장님, 그리고 거류면 조합장님, 군 의회 의원님 등 많은 분들이 동참해 주셨다. 그분들과 고성군의 현안문제와 일상적인 이야기의 꽃을 피울 수 있었다.

산중턱에 다다를 즈음, 진달래 군락지를 보게 되었다. 진달래 군락지를 보며 옛날 어린 시절 어머니의 모습을 떠올리게 되었다. 어머니께서 나를 업고 진달래꽃을 따기 위해 산중턱을 오르내리시던 모습이 어렴풋이 났다.

어머니께서는 진달래꽃을 '창꽃'이라고 표현하셨다. 거류산에 군락을 이룬 진달래꽃들을 보며 수십 년 전의 나의 어린 시절로 되돌아가는 신기함을 맛보게 되었다. 힘든 자신과의 싸

움을 견뎌내고 드디어 정상에 올랐다. 겨우 해발 571m라고도 할 수 있지만 기분만은 히말라야산맥의 에베레스트정상에 오른 마냥 기뻤다.

거류산에 얽힌 전설

1. 첫 번째 전설

거류산 정상 바로 아래 남쪽 루트(지금 성곽 복원지역 바로 위)에 큰 바위 가운데 오래된 소나무가 박혀있는데 이 소나무에 대한 전설이다.

때는 지금부터 400여 년 전, 임진왜란 때, 사명대사께서 왜국에 붙잡혀간 포로를 귀환시키기 위해 갈대로 만든 일엽편주를 타고 왜국으로 가려할 때 거류산 산신령이 대사님의 호위가 되어 왜국까지 모시고 가려고 따라가니 대사께서 따라오지 말라고 "거기 있어라" 하고 들고 있던 지팡이를 획 던졌는데 그것이 바위에 꽂혀서 지금의 노송이 된 것이라 한다. 거류란 이름도 그것과 관련이 있는 것일까?

2. 두 번째 전설

정상의 동남쪽 루트(순환 코스)의 거북바위 못가서 나무벤

진주 난봉가

작자 미상

울도 담도 없는 집에서 시집살이 삼년만에
시어머니 하시는 말씀 애야 아가 며늘 아가
진주낭군 오실 것이니 진주 남강 빨래가거라

진주 남강 빨래오니 산도 좋고 물도 좋아
우당퉁탕 물을 기는데 난데없는 말굽소리
곁눈으로 힐끗 보니 하늘같은 갓을 쓰고
구름같은 말을 타고서 못 본 듯이 지나더라

흰빨래는 희게 빨고 검은 빨래 검게 빨아
집이라고 돌아 오니 사랑방이 소요하다
시어머니 하시는 말씀 애야 아가 며늘 아가
진주낭군 오시었으니 사랑방에 들러가라

사랑방에 올라보니 온갖가지 술에다가
기생첩을 옆에 끼고서 권주가를 부르더라
건너방에 내려와서 아홉가지 약을 먹고
비단첩자 매여 매여 목을 매여 죽었더라

진주낭군 이 말 듣고 버선발로 뛰어 나와
내 이럴 줄 왜 몰랐던가 사랑 사랑 내 사랑아
화류계 정은 삼년이고 본댁 정은 백년인데
내 이럴 줄 왜 몰랐다 사랑 사랑 내 사랑아

치가 2개 놓여 있는 쉼터가 있는데 그 앞이 깎아지른 절벽이다.

옛날 옛적 마을에 젊어서 과부가 된 주인마님과 젊은 하인이 이루지 못할 사랑을 안타까워하며 이 절벽위에서 이승에서의 마지막 사랑을 가슴에 품고 뛰어내린 곳이다.

그 후 오랫동안 절벽 중간에 찢어진 흰 치맛자락이 걸려 있었다 한다. 후세 사람들이 이곳을 지날 때는 반드시 발길을 멈추고 두 사람의 사랑이 내세에서는 이루어지길 기원하며 쉬어 갔다고 한다.

진주

진주는 이름부터 이쁘다. 왠지 작지만 포근한 느낌이 든다. 33만 명이 거주하는 서부경남의 문화·예술·교육의 중심도시이다. 오래전부터 진주는 가끔 한 번씩 가는 도시이다. 진주성은 진주의 소중한 관광코스 중 하나이다. 성 옆에는 남강이 유유히 흐르고 있으며, 성 주변을 산책하고 나면 마음이 한결 편안해진다. 나는 가을에 진주성을 찾는 것을 좋아한다. 단풍이 질 무렵의 진주성은 더욱 아름답다. 일상의 피로감을 싹 가시도록 여유로움을 제공한다.

진주성은 임진왜란 때는 김시민장군이 왜군을 대파하여 임란 3대첩 중의 하나가 벌어진 곳이다. 1593년 6월 왜군의 재침시에는 군관민 6만이 최후까지 항쟁, 장렬한 최후를 마쳤으며, 이때 논개는 적장을 안고 남강에 투신하였다. 촉석루 앞에서 김시민 장군과 논개의 정신을 되새기며 국민을 위한 절개를 다짐해 본다. 또한 진주하면 떠오는 것 중 하나가 대학 다닐 때, 즐겨 불렀던 '진주난봉가' 이다.

'진주난봉가' 는 봉건 사회 속에서 우리 부인네들이 겪어야 했던 삶의 애환을 잘 나타낸 민요이다. 경상도지방의 구전민요로 남존여비의 유교적 · 봉건적 도덕적 규율 속에서 각종 사회적 구속에 얽매여 시집살이를 하던 부녀자들의 생활을 노래한 것이다. 애절한 노랫말을 새기면서 오랜만에 불러보니 애잔한 느낌이 들었다.

진주의 또 하나의 명장면이 진양호이다. 경호강과 남강으로 이어지는 진양호의 전망도 참으로 아름답다. 진양호의 풍부한 수량은 우리의 마음을 평화롭고 풍요롭게 해준다. 특히 해질녘 진양호의 모습은 한 폭의 그림이다. 이처럼 진주는 작은 보석과도 같이 마음속 잔잔한 감동을 선사한다.

경주

봄의 따뜻한 기운을 받으며 열차에 몸을 실었다. 우리 역사와 문화에 빼놓을 수 없는 중요한 도시, 경주가 보고 싶어서였다. 경주는 천년의 고도다.

경주에 가게 되면 삼국을 통일한 신라인의 정신과 모습이 눈앞에 펼쳐진다. 쭉 뻗은 길에서 마치 어디선가 신라인들이 말을 타고 나타날 것만 같은 기운을 느낀다.

불국사의 모습 자체는 예전 그대로였다. 하지만, 주변의 분위기는 예전만 못하는 것 같았다. 한창 수리중인 다보탑이 지금의 불국사의 현주소를 대변하는 것 같아 마음이 씁쓸했다. 국보 21호인 석가탑 역시 자세히 보니 곳곳에 균열이 가고 노쇠한 모습을 보였다. 우리나라 국보에 대한 관리상태가 이 정도인데 여타 문화재 관리는 안봐도 눈에 선하다고 생각되었다.

또한, 불국사 주변의 문화재들을 유심히 살펴보니 곳곳에 땜방식으로 보수공사한 것에 놀라지 않을 수 없었다. 벽돌 한 장이라도 정성을 들어 그대로 복원시키려는 선진국의 문화재 복원과는 큰 차이를 보이는 것 같아 아쉬웠다.

독일 드레스덴시의 한 문화재는 세계 2차 대전 때 영국의 무차별 폭격으로 형체도 없이 사라지고 몇 조각의 벽돌만 남았지만 이를 토대로 중세 유럽풍건물로 완벽하게 재현하였다. 지금 이곳에는 관광객들이 끊이지 않는다.

세계적인 문화유산을 가지고 있으면서도 제대로 홍보하지 못해서일까? 어쩌면 부족한 주변의 인프라 때문은 아닐까? 못내 아쉬움이 들었다. 불국사 옆 약수터에서 잠시 휴식을 취하며 물 한 모금 마시며 건강과 행복을 기원하였다.

석굴암이 있는 토함산으로 발걸음을 돌렸다. 오래된 기억을 되짚어 보면서 설레는 마음으로 석굴암을 보았다. 석굴암은 현재 부식을 막기 위해 유리 보호막으로 가려져 있었는데, 보는 이로 하여금 답답하게 느껴졌다.

불국사 약수터 앞에서

'좀 더 다른 방법으로 보호를 하면 이렇게 힘들게 온 이들에게 만족을 줄 수 있을 텐데' 하는 생각도 들었다. 그래서인지 석굴암을 찾는 이들의 발길이 현저히 줄어든 느낌을 받았다.

  관광하러 온 이들의 마음을 배려하는 것이 인색한 것이 우리나라 관광산업의 현주소가 아닐까? 경주시는 도시전체가 문화재라 해도 과언이 아니다. 문화재 사이에 발 디딜 틈 없는 관광객의 모습들을 상상해 보기도 한다.

  불국사와 석굴암을 보러가는 길은 제법 길다. 관광객들이 중간에 휴식을 취하면서 여유를 가질만한 벤치나 휴식공간이 없다. 일방적으로 보여주기 식의 문화재 보호는 사람들의 발길을 끊게 한다.

  외국의 사례는 어떠한가? 많은 관광객들이 문화재가 있는 부근에서 충분히 감상하고 즐길 수 있도록 안락함과 여유로움을 배려한다. 아무리 훌륭한 문화재일지라도 사람이 찾지 않는다면, 이는 마치 수십 미터 지하에서 잠자고 있는 보물과 같다.

경주시 역장님과의 만남

  경주탐방을 하다 우연히 경주 역장님을 만났다. 역장님은 아주 소탈하신 분이었다.

친절한 안내로 '조그마한 토속음식점에 방문하였다. 모처럼 맛보는 산채나물과 김치의 맛은 긴 시간 여행의 고단함을 단번에 날려버렸다.

다시 한 번 더 경주에 방문한다면, 경주 역장님을 뵙고 정감 있는 구수한 이야기를 나누리라. 그리고 역 앞 식당에서 산채나물 정식을 먹을 것이다.

경주역 맞은편에 경주재래시장이 있었다. 시장 안을 들어가 보았다. 생선, 떡, 산나물 등 각종 먹을거리가 즐비하게 진열되어 있었다. 여느 시장처럼 활발한 움직임이 생동감이 있었다. 시장 안에 계시는 분 중에는 함안 조씨 아줌마도 있었다. 정겹

불국사 앞에서 택시 기사분과 함께

게 이야기를 나누다 보니 어느새 친해졌다.

경주시장은 역과 가깝고 국내외 관광객들과의 접근성이 좋기 때문에 발전가능성이 높아보였다.

천년의 전통을 담은 다양한 풍물거리와 경주만의 깊은 맛을 제대로 담아내는 뭔가를 채운다면 서울의 인사동 거리처럼 명품으로 만들 수 있지 않을까하는 생각이 들었다. 경주는 특히, 지역색이 강한 지방이다. 정치인들이 저마다 선거 때면 중요한 발전공약을 내거는 도시이기도 하다.

풍부한 이야기꺼리가 있는 신라의 수도, 경주를 우리나라 제1의 유적순례 관광지로 개발시킬 수 있을 텐데 유감스럽게도 아직까지 기대에 미치지 못한다.

반만년 역사를 지닌 우리나라는 곳곳에 문화재가 존재한다. 즉, 전국 방방곡곡이 소중한 문화적 가치를 지니고 있으며 수도 서울의 발전처럼 나름대로 특색있는 발전을 하기에 손색이 없다는 뜻도 된다.

보물섬 그곳, 남해

푸른 바다에 떠 있는 일점선도(一點仙島), 남해! 신선이 사는 환상의 섬으로 불려왔던 그 섬에 가고 싶었다. 우리나라 남

231

쪽바다를 사방으로 볼 수 있는 곳이 바로 남해군이다. '창선, 삼천포대교'를 통하여 남해군에 도착하니 청정해역과 아름다운 큰 섬이 눈에 들어왔다.

'창선 · 삼천포대교'는 대한민국 경상남도 사천시와 남해군을 연결하는 5개의 교량(삼천포대교, 초양대교, 늑도대교, 창선대교, 단항교)을 일컫는 이름이다.

남해군은 여름이 다가왔음에도 덥지 않았고 포근한 느낌을 주었다. 마치 어머니의 품처럼 따스한 곳이 바로 남해군이다.

용문사 성전 주지스님과 함께

남해군에는 용문사라는 유명한 사찰이 있었다. 대웅전에 들러 부처님께 경건한 마음으로 기도를 하였다. 때마침 성전 주지 스님을 뵙게 되어 짧지만 의미 있는 만남을 갖게 되었다. 스님께서는 부산에서 민주당으로 당선된 국회의원에게 큰 용기를 주셨다. 특히 직접 쓰신 '삼천년의 생을 지나 당신과 내가 만났습니다' 는 책 한권을 주셨다.

"떠남은 인연과 닿는 행보다. 꽃을 만나면 꽃이 되고, 별을 만나면 별이 되고, 외로운 이웃들을 만나면 눈물이 되는 사람만이 진정한 인연을 이어 갈 수 있는 것이다. 이제 손을 내밀어 우리와 닿는 모든 것들과 인사를 나눌 때다. 떠나 보자, 그리고 만나보자. 우리의 인연들을……. "

스님의 글은 나에게 큰 감동을 주셨다. 전국을 민생투어하면서 느꼈던 마음들이 스님의 말씀을 통하여 비로소 정리가 되었다. 내가 그동안 만나왔던 나무와 꽃과 바다와 사람들이 어쩌면 우연이 아니라 소중한 인연에서 비롯되었는지 모른다.

민생투어를 하면 할수록 스스로를 더 낮추어야겠다고 다짐하곤 했다. 순수하고 아름다운 그들을 만날 때마다 잔잔한 감동들이 전해왔다.

정치를 하면서 메말라져 가는 감성을 채워주는 샘물 같은 역할을 해주고 '어떻게 정치를 하라!' 가르침을 준다. 자연으로부터 교훈을 배우면 국민을 위하는 정치에 더 가까이 다가설 수 있지 않을까?

남해군을 한 바퀴 둘러보면서 아름다운 풍경에 탄성을 자아냈다. 특히 남해 가천다랭이 마을의 풍경은 전국적으로 유명한 곳으로 잘 알려져 있다. 실제로 가보니 특색 있는 다랭이논이 즐비하게 놓여 있었다.

'다랭이논' 이란 '경사진 산비탈을 개간하여 층층이 만든 계단식 논' 을 말한다. 아직까지 모내기가 한창인지라 다소 썰렁한 분위기가 연출되었지만, 아마도 수개월 후에는 곡식이 자라고 그 빈 공간이 채워지고 나면 사진에서 보는 모습처럼 장관을 이룰 것이다. 이 마을에 대한 관광 콘셉트를 조금만 변화를 준다면 더 훌륭한 관광코스가 되겠다고 느끼게 되었다.

이 마을에는 사진작가, 관광객 등 많은 사람들이 아름다운 풍경을 담기 위해 온다. 하지만 관광객들은 단지 자연스럽게 만들어진 풍경에 대해 약간의 경탄과 호기심만 해소하고 떠나기 일쑤인 것 같았다. 천혜의 자연경관으로 만족시키지 말고 훌륭한 관광 상품으로 개발해야 한다. 유럽의 어느 해안 도시가 이처럼 아름답겠는가!

남해 다랭이 논에서

남해 다랭이마을 만의 독특한 문화를 관광 상품화 하여 판매해야 한다. 지역에 머물면서 멋진 자연과 벗 삼아 차 한잔 할 수 있는 그림 같은 카페테리아가 아쉽게 느껴지는 것은 나만의 생각일까!

먼 길을 달려온 이방인들의 마음을 충족시켜줄 다랭이마을의 풍경이 담긴 다양한 기념품을 개발하여 지역주민들의 소득 증진을 도와야 될 것이다. 요즘은 웰빙시대라 일컬을 정도로 건강에 대한 관심이 높다. 다랭이 마을의 논을 라벤더, 캐모마일, 로즈마리, 페퍼민트 등 여러 종류의 허브차 밭으로 변모시키는 것은 어떨까 하는 상상을 해본다.

허브차 꽃이 필 무렵 형형색색의 장관을 연출하는 가천마을은 지금보다 훨씬 유명한 관광지가 될 것이고 더 많은 가치를 창출해 낼 수 있을 것 같다는 생각이 들었다.

분명 남해군은 군에서 홍보하듯 보물섬임에는 틀림이 없을 만큼 자연경관이 아름답고 눈이 부셨다. 하지만, 남해군이 더 발전하기 위해서는 가능한 오랫동안 머물면서 다양한 섬문화를 즐길 수 있는 관광프로그램이 개발되어야한다.

그리고 아름다운 지역적 장점을 잘 살려 일상에 지친 도시인들의 마음을 포근하게 감싸고 때로는 치유하는 신비한 섬, 보물섬으로 거듭나는 것은 어떨까? 내년부터 건설될 전남여수와 경남남해를 잇는 한려대교는 2012년에 열릴 '여수세계박람회'를 시작으로 오랜 숙원이었던 영호남의 소통을 당길 듯하다.

　"인구 5만이 조금 넘는 남쪽나라 남해,

　그곳에 가면 사람 냄새나는 사람들이 살고 있다.

　그 곳의 쪽빛 바다는 아직도 싱싱하다."

안라국의 비밀

　나의 본(本)은 함안(咸安)이다. 옛 선조들의 고향인 함안에 대한 애정이 남다르다. 향토사학자들의 주장에 의하면, 함안의 옛 명칭은 아라가야 또는 안라국(安羅國)이라 불리어졌다고 한다. '안라' 라는 발음이 아라로 변형되었다는 주장도 내세웠는데 새로운 사실이라 흥미로웠다.

　2009년 3월경 함안박물관과 함안고분군이 있는 곳을 방문하였다. 박물관에 들어서니 인구 7만 남짓한 작은 지방의 박물관이라 보기 힘들 정도로 유서 깊은 유물들이 전시되어 있었다. 특히, 안라국 역사, 구석기, 신석기 등 시대별 유물들이 즐비하게 전시되어 있었다.

　불꽃무늬 토기는 5세기 안라국의 대표적 토기이며 함안지역 고분군에서 다량으로 출토되고 있으며, 일본에서도 유사한 문양의 토기가 출토되고 있다고 한다. 일본에서는 그 동안 오사카와 나라지역이 중심인 간사이 지방의 여러 곳에서 아라가야 양식의 토기가 출토되었다.

이는 5세기 무렵 아라가야를 비롯한 가야의 수준 높은 토기 제작 기술이 일본으로 전파되어 당시 일본 사회에 많은 영향을 미쳤음을 의미한다. 이는 안라국의 문화가 이미 일본에 전파되었다는 것을 증명하는 사례의 하나이다.

해마다 많은 일본인들이 함안을 방문하여 제를 지낸다고 한다. 왜 일본인들인 남의 나라 땅에 와서 제를 지내는 걸까? 어쩌면 자신의 조상이 살았던 아라가야를 보고 체험하기 위해서가 아닐까하는 생각이 든다. 현재 일본 관서지방에 아라신사라는 명칭이 존재하고 있다고 하니 신기하다.

이글을 읽는 독자들은 '아라신사'를 검색해 보면 더욱 많은 지식을 습득할 수 있을 것 같다.

일본의 옛 조상들은 백제 뿐 아니라 아라가야의 영향도 많이 받지 않았을까 하는 추측을 해본다. 우리는 고대국가들 가운데 고구려, 백제, 신라에 대해서만 배웠다.

이제부터라도 잊혀진 국가의 하나인 아라가야를 비롯한 가

함안군 고분 앞에서

야국에 대한 연구도 폭넓게 진행해야 한다. 현재 국내사학자 가운데 가야사를 연구하는 학자들이 약 300명 정도 있다고 한다. 이에 반해 일본사학자 가운데 가야사를 연구하는 학자는 3,000명이 넘는다고 하니 이를 어떻게 설명해야 할지 궁금증은 더해 간다.

홍미로운 사실은 우리나라 국사교과서에는 없는 아라가야가 일본 고등학교 역사교과서에는 '아라가야'로 또렷하게 표시되어 있다. 일본 교과서에서는 남의 역사이지만 '아라가야'의 존재를 인정하고 있는데 우리는 우리역사인데도 '아라가야'를 무시하고 있는 것이다.

고대 일본국의 비밀을 밝힐 수 있는 열쇠는 분명 아라가야에 있다는 생각이 들었다. 이는 함안군이나 경상남도의 힘으로만 풀어가기엔 역부족이다.

일본이나 중국 등의 나라들처럼 체계적이고 과학적인 중앙정부의 지원이 필요하다는 생각이 절실히 들었다. 한 언론과의 인터뷰에서 일본의 소장파 사학자 호스미 히로마사(44)씨는 다음과 같은 주장을 하였다.

"로쿠다이 유적은 당시 일본인의 생활유적이지만 함께 발견된 함안식 토기를 통해 외래 선진문물이 여기까지 전파됐음을 알 수 있다"

"도래인이 전파한 선진문물이 당시 이곳 주민들의 삶에 적지 않은 영향을 미쳤음을 알 수 있게 하는 것이다"

의병 곽재우장군을 기리며

의령군을 방문할 때면 꼭 들르는 곳이 충익사이다. 충익사는 임진왜란 당시 장렬히 순국한 홍의장군 곽재우와 휘하 장병들의 위패를 모신 사당이다. 곽재우장군의 호는 망우당이다.

몇 년 전, 충익사를 처음 방문하였을 때에는 마음의 준비가 부족한 상태였지만, 올해는 보다 경건한 마음으로 장군의 뜻을 기리면서 방문하게 되었다. 나라가 위태로울 때, 관군도 아니면서 사재를 털어 의병을 일으켜 나라를 지키려고 한 충성스런 마음은 우리 후손이 본받아야 한다.

충익사의 봄
윤재환

봄이다
따스한 햇살
바람도 분다
나무가 바람을 피워
꽃을 피웠다
사람들의 발길 따라
나라사랑
의병의 꽃이
나라꽃 무궁화보다
먼저 피었다

충익사 경내 충의각에서

전쟁이 나면 도망가기 바쁜 위정자들보다 강인한 정신력과 조국을 사랑하는 마음으로 나라를 지켜낸 수많은 애국자들이 있다. 그들의 정신이 살아있기에 우리 역사는 반만년 동안 이어지고 있는 것이다.

국민 스스로는 위대하나 지도자들은 국민의 기대에 미치지 못하는 경우가 종종 있다. 항상 분열은 국력을 약화시키고 강대국에 종속되는 형태로 남게 된다.

우리 민족은 명석한 두뇌와 성실함을 타고 났다. 그리고 기마민족의 후예답게 기동성이 뛰어나다. 이러한 장점들을 잘 살려 세계 강대국으로 나아갈 수 있음에도 여전히 스스로를 자신 없어 한다. 일종의 패배주의이다.

우리는 일본을 통해 그 해답을 찾을 수 있다. 일본이 지금처럼 강대국이 될 수 있었던 것은 문호개방정책과 단합이었다고 본다. 우리가 조정에서 서로 다투면서 허송세월을 보낼 때, 일본은 일찍이 서방세계의 문물을 받아들이면서 세계와 소통하려는 노력을 기울였다. 개방은 반드시 발전을 가져온다.

사업도 마찬가지이다. 보수적인 경영은 성장하는 제약이 뒤따른다. 하지만 개방적인 경영은 더욱 크게 성공한다. 도시도 마찬가지이다.

옛것만 고수하고 지키려는 도시는 정체되고 머물러 있게 마련이지만 개방하고 다양한 문화를 인정하는 도시는 발전한다. 가장 이상적인 도시모델은 전통을 계승시키면서 아울러 개방을 통한 미래 발전을 추구하는 도시일 것이다.

한 미대 학장님께서 이런 말씀을 하셨다.

"전통문화를 그대로 재현만 하는 것은 흉내내기에 불과하다. 항상 변화된 시대적 가치를 반영한 예술이 필요하다"

고려시대에 제작된 고려자기를 흉내내어 21시대에도 똑같이 만드는 것은 문화유산적 가치가 없다는 뜻이다. 아마도 교수님의 뜻은 전통 계승을 무시하는 것이 아니라 전통은 존중하되, 21세기에 맞는 새로운 형태의 독특한 문화를 꽃피워야 한다는 뜻일 게다.

과거 유교사상에 물들었던 조선시대 위정자들이 변화를 두려워하고 개방하지 않음으로써 많은 백성들이 고통에 시달렸고 급기야 한일합방을 통한 식민 지배를 받는 수모를 겪게 되었다.

더 이상 우리는 이러한 반복된 역사를 되풀이해서는 안 된다. 이 시대를 살아가는 우리 국민들이 바라보는 위정자들의 모습은 어떨까? 행여나 조선시대나 근대사에 나온 위정자들의 모습과는 얼마나 차이가 날지 자문(自問)해 보아야 할 대목이다.

지금처럼 세계적인 금융위기, 경제위기 상황에서 의병을 일으킨 곽재우장군의 정신을 되새겨 볼 필요가 있다. 지금 국민들은 정치에 대해 어떤 생각을 하고 있을까? 많은 국민들이 느끼기에도 정치가 혼탁하다고 생각한다.

특히 젊은이들과 그들이 생각하는 정치 사이에 깊은 골이 있다. 서로간의 깊은 골을 해결하기 위해서는 무엇보다도 정치가 변해야하고 선진화되어야 한다.

정당정파를 초월하여 오로지 국민을 위하는 정치신인이 필요하다고 본다. 국가와 국민을 위하는 사명감이 투철한 이들이 많다. 나라를 걱정하고 사랑하는 훌륭한 정신을 지닌 젊은이들이 더욱 많이 정치일선에 참여해야 한다. 2002년 한일 월드컵 때의 붉은 악마처럼 순수한 열정을 가진 젊은이들이 세상을 바꾸는 일에 동참해야 한다.

위정자들에게만 나라를 맡기는 방관적인 입장이 아니라 항상 동참하여 이 나라가 바로 서고 바로 갈 수 있도록 해야 한다.

우담바라

참배를 마친 우리 일행은 곽 장군을 모시는 사당 옆 사무실에서 잠시 머물며 차 한 잔을 마셨다. 한 직원분이 다가와 우담

바라가 있는 곳으로 안내해 주었다.

우담바라를 직접 눈으로 목격을 하는 행운을 가지면서 예사롭지 않은 느낌을 받았다. 역시 곽 장군에 대해 대자연도 경의를 표하고 있다고 느꼈다.

하지만 현충사처럼 곽 장군을 모시고 있는 사당을 조금 더 정비하여 더 많은 국민들이 알 수 있도록 해야 한다는 바람이 들었다.

이순신장군과 더불어 좋은 역사적 교훈이 되길 바란다. 관군도 아닌 초야에 묻혀 살던 시골선비가 모든 재산을 털어 의병을 모으고 무기와 수적인 열세에도 불구하고 백전백승한 장군의 용기와 지략은 모든 사람들의 귀감이 되고도 남음이 있다.

이는 나라의 녹을 먹는 관군 이순신장군과 권율장군보다 더 높은 존경과 대접을 받아야 마땅하다는 정종규해설사의 이야기가 귓전에 맴돈다.

창녕 우포늪을 보다

들어가는 길부터 범상치 않았는데 꼭 수천 년 된 밀림시대 숲으로 지나가는 것 같은 느낌을 받았다. 우포늪의 많은 새와 다양한 나무들을 보게 되었다. 둑길을 걸으며 여유로운 마음과

우포늪 둑길을 걸으며

함께 오래된 과거로 돌아가는 느낌을 받았다.

아름다운 자연을 잘 보존하고 있는 창녕주민들에게 감사한 마음이 들었다. 다만 주변의 공간들이 아직도 외지인들이 왔을 때 편리하게 즐길 수 있는 공간, 위락시설이 부족하다고 느꼈다. 다행히 조만간 정부에서 실사단을 파견시켜 지원하려는 움직임이 있다는 소식을 전해 들었다.

좀 더 여행자들에게 부담 없이 다가갈 수 있도록 세심한 노력이 필요하다고 느끼게 되었습니다.

함안, 의령, 창녕 문화재와 우포의 향기에 빠지다.

2009. 4. 5

창녕군 대합면 신당리에서 오종식

일시 : 2009. 3. 28 10:00 ~ 16:00

일정 : 함안박물관 - 도항말이산고분군 - 점심 - 의령군 충익사참배 - 호암 이병철 생가 - 창녕군 우포늪

조경태 의원 일행과 10시경에 함안박물관에 만나 간단히 인사를 하고 아라가야향토사연구회 조희영 회장께서 박물관 앞뜰의 "군북동촌리 별자리고인돌"을 시작으로 우리들은 함안군

고대사 "잃어버린 왕국 아라가야" 그 역사 속으로 시간을 거슬러 올라가기 시작하였다.

함안박물관은 비교적 최근에 설립되어 문화재가 일목요연하게 정리되어 있었다. 청동기시대의 고인돌세력이 성장, 발전하여 원삼국시대로 이어지는데 당시 원삼국시대에는 한반도에 마한 54개 나라, 진한 12개 나라, 변한 12개 나라 모두 78개의 크고 작은 나라가 있었다고 중국사서인 "삼국지"에 기록되어있다.

함안지역에는 변한 12국 중 변진안야국이 존재했으며 주변국을 통합하여 아라가야(안라국)로 발전하였다. 특히 아라가야 또는 안라국은 일본서기의 계체천왕기와 흠명천왕기에 30여 회, 광개토대왕 비문에 3회 기록이 나오는 후기가야의 강력한 맹주 국으로 600여 년간 존속한 찬란한 유적들이 타임캡슐로 남아 전시되고 있었다.

강력한 돌격부대 철기병(개마무사)의 유적인 말 갑옷은 동북아시아에서 처음으로 발굴된 것으로 고구려 안악고분벽화에서 그림으로만 보아왔던 것이다.

병사가 입던 판갑, 환두대도, 철창, 화살촉, 차륜형토기, 불꽃모양의 무늬가 있는 토기등 1,500년 전의 아라가야의 역사를 말해주고 있었다.

529년 이미 신라에 기울어버린 몇 가야의 부흥을 위해서 안라국의 주도로 백제, 왜, 가야제국들의 국제회의가 열렸던 곳으로 추정되는 고당회의 건물지 등을 둘러보며 역사적으로 신라, 고구려, 백제, 고려시대에 훌륭한 업적을 남긴 분들이 많은데 대한민국의 화폐에 나오른 인물들은 모두 조선시대에 집중되어 있어 유구한 우리의 역사를 스스로 축소하는 것 아닌가 하는 토론을 하였다.

박물관에서 나와 제비꽃, 꽃다지, 냉이 꽃이 만발한 길을 따라 도항·말이산고분군으로 오르며 삼월의 봄바람에 취하며 우리들의 이야기는 끝없이 이어졌다. 도항리에서 말산리로 야트막하고 긴 구릉지에 거대한 고분들이 줄지어 장관을 이루고 있는 그야말로 "신성한 왕들의 산" 말이산이다.

가야는 수없이 많은 유적과 고총고분들이 즐비한데 왕의 이름이 무엇인지, 어떻게 다스렸는지, 인구는 얼마인지, 풍습은 어떤지 등 기록이 없어 알길이 없다.

다만 중국 사서인 삼국지등에서 일부만 기록되어 있을 뿐이다. 우리민족은 무덤을 터부시하여 함부로 파거나 건드리면 화가 미친다고 하여 함부로 손대지 않았다. 그러나 일제강점기 일인들에 의해 소위 "임나일본부설"을 증명할 유물을 찾기 위해 일본 순사들의 삼엄한 경계 하에 아라가야 왕들의 무덤을 파헤치면서 1,500년 동안 잘 보존되어 오던 고분들이 도굴되기 시작하였다. 그 후 일인들은 조선의 배고픈 민초들을 충동질하여 유물을 캐오면 양식이나 돈을 주었다.

처음에는 화가 미친다는 생각 때문에 주저하던 백성들이 너도 나도 삽과 곡괭이를 들고 고분을 파헤치기 시작하면서 순식간에 전국토의 고분들이 도굴되기 시작하였다. 그 도굴은 1970년대까지 50여 년간 이어져 처녀분이 거의 사라지고 텅 빈 고분만 남아있다.

일본인들이 그 토록 찾고 싶어 하던 임나일본부에 관련된 유적은 발견되지 않았으며 현재 일본에는 5,000여 개의 아라신사가 있으며 전범을 모시는 야스꾸니 신사도 예전에 아라신사였다는 사실을 볼 때 일본은 가야의 후손이 라며 조희영 회장은 힘주어 말했다.

군청 앞에 있는 함주 식당에서 식사와 기념촬영을 하고 조희영회장과 작별하고 20여분 걸리는 충의의 고장 의령으로 향했다. 충익사에 입구에는 미리 연락해둔 의령군 정종규문화관광해설사가 수고해 주셨다. 따뜻한 차 한 잔을 마시고 창녕군 우포늪으로 향하는 길에 호암 이병철 선생의 생가를 들르기로 하고 길을 잡았다. 20여 분을 달려 의령군 정곡면에 호암 이병철 선생의 생가를 찾았다. 삼성그룹을 창업한 호암 이병철 선생의 생가는 그리 화려하지 않고 소박하지만 산자락에 포근히 앉아있었다.

요즘 세계적인 경제위기 때문인지 평일에는 200~300명이 휴일에는 500여 명의 관람이 방문한다고 한다. 이병철 선생의 재물을 모으는 기운을 받으려고 한다는 이야기다. 둘러보고 나오는 골목에는 마주 오는 많은 사람들에게 경제가 어려운 서민들의 애환이 묻어오는 것 같아 괜스레 씁쓸하었다.

정종규 해설사와 작별하고 적교 다리를 건너 창녕군 우포늪으로 향했다. 20여 분 달려 우포에 도착하여 3월 말의 따스한 봄볕을 받으며 1억 4천만 년 전 원시생태계의 역사 속으로 들어갔다. 도중에 알아보는 사람과 일일이 악수하며 우포늪에서 불어오는 시원한 바람을 맞으며 늪 가까이로 향했다. 우포늪은 지역 주민들은 소벌이라 부르는데 1억 4천만 년 전 중생대 쥐라기에 형성된 한반도 최대 내륙 습지이며 그 넓이가 70만평에 이른다.

일제강점기인 1920~1930년대 조선총독부에서 군량미 확보 등의 이유로 대대적인 토목공사를 한반도 전역에 하는데 대대둑(3.1km)을 쌓아 240만평의 늪이 많이 줄어들었다.

우포늪은 홍수기에 물을 가두어 천천히 흘려보내는 녹색댐, 상류에서 흘러오는 오폐수를 정화하는 자연정수기역활, 1,000여종이 넘은 동식물을 길러내는 생태계의 자궁역활, 주변주민에게 물고기, 조개 등 먹을거리제공, 지구상에 존재하는 가장 순수한 생명체인 철새들의 보금자리 제공, 어린들의 생태체험실, 도시민들에게 휴식처제공, 우포늪의 수초와 수많은 식물은 이산화탄소를 소비하고 산소를 발생시켜 지구 온난화에 기여하는 등 늪의 역할은 지대하다.

우포늪 둑을 걸으며 시베리아 캄차카반도와 중국 아무르 강변에 서 북극의 혹독한 추위를 피해 6,000km를 날아오는 겨울철새, 동남아시아에서 번식을 위해 날아오는 여름철새, 나그네새, 텃새들의 이야기를 하면서 걸어가는데 갑자기 오른편 머리 위에서 거위만한 큰기러기 30여 마리가 대열을 지어 힘찬 날개짓을 하며 날아간다. 우포늪에 귀한 손님이 온 걸 아는 것일까……

세상에서 가장 아름다운 생명체인 새들의 축하비행을 받으며 우리들은 1억4천만년 쥐라기시대에서 걸어 나왔다. 외유를 마다하고 내나라 국토 남단 제주도에서 시작하여 2달여 동안 각 지방의 문화재탐방을 하고 계시는 국회의원이 계시다는 건

지리산 노고단에서

참 신기하고 대단한 마인드를 가지고 계시다는 것을 느낄 수 있었고 문화재를 아끼고 사랑하는 사람의 한 사람으로 참 즐거운 동행이었다.

지리산을 가다

지리산을 가는 날 기분이 설레였다. 10년도 훨씬 전에 지리산 천왕봉을 다녀온 후 항상 마음속으로 지리산을 그리워했지만 일상의 바쁜 이유로 찾아가지 못했다. 북한에 있는 금강산은 서너 번 다녀왔는데 정작 지리산은 한번밖에 다녀오지 못했으니 설렘은 더 컸다.

그날따라 하필이면 고속도로 길은 비가 억수같이 쏟아져 약간의 염려가 되었다. 억수같은 비도 지리산을 향한 마음 앞에서는 어쩔 수 없었는지 무사히 지리산휴게소에 도착했다. 금강산도 식후경이라 했듯이 인근의 식당을 찾았다.

남원시 인월리 마을에 있는 식당이었는데 주인이 돼지를 키워 주로 생계를 유지하는 분이었다. 50대 후반으로 보였는데 힘든 농가생활을 말해주듯이 검게 탄 피부와 굳은살이 왠지 마음이 찡해졌다.

약 20분 가량 지리산으로 들어가니 이번에는 경남 함양시의 표지판이 보였다. 지리산을 두고 경상남도와 전라북도가 공유하고 있는 모습이 신기하기도 하고 정치인으로서 지역 통합의 대명제가 잠시 떠올랐다.

지리산 골짜기에 있는 함양군 마천면의 산골짜기 마을의 조그마한 숙소에서 여정을 풀고 나니 긴장이 풀려서일까 스르르 잠이 들었다.

지리산의 맑은 공기 탓일까 아침에 일어나 눈을 떴을 때 정신이 맑아지고 상쾌한 느낌을 받았다.

지리산 정상은 일기상황이 매우 좋지 않아 힘든 산행을 하기에는 안전성 문제가 있을 것 같았지만 노고단까지는 꼭 올라가야겠다고 결심하고 뱀사골로 향했다.

가는 도중 음정마을 어귀에서 아이들이 뛰노는 모습을 보고 잠시 차에서 내려 함께 사진을 찍었다. 한 학생은 함양 마천초등학교를 다니고, 한 학생은 남원 산내면 쪽 초등학교를 다닌다고 했다. 외가에 놀러왔다는 아이들의 모습에는 경상도, 전라도의 지방색은 전혀 없었다.

어른들이, 특히 정치인들이 조장해서 만들어 놓은 지역주의는 이 아이들에게는 백해무익일 거라는 생각이 들었다. 전국을 다니면서 느꼈지만 우리네 서민은 그냥 고단한 삶을 살면서 조금 더 나은 내일을 꿈꿀 뿐이지 지방색을 드러낼 만큼 여유롭지 못하다.

정치인들 혹은 기득권을 가진 자들이 활용도구로 지역색깔을 논하는 것을 그만두어야 한다. 그러한 에너지를 서민을 위해 특히 대한민국 땅을 지키고 있는 시골지킴이들을 위해 더 많은 예산지원과 배려를 해야 한다.

뱀사골을 지나 꼬불꼬불한 도로를 올라가니 어느새 노고단 가까이에 있는 삼정재 도달하였다. 차에서 내려보니 높은 산속이라서 인지 날씨가 매우 쌀쌀하게 느껴졌다. 시장기를 때우기 위해 파전과 따뜻한 차 한 잔을 하고나서 노고단을 올랐다.

노고단 가는 길 근처부터 비바람이 불기 시작하더니 정상에서는 훨씬 강한 비바람과 추위가 엄습해 왔다. 몸이 가누기가 힘들고 구름과 안개로 시야가 가려져 가시거리가 매우 짧았다. 겨우 몸을 바로 세워 사진을 찍고 나니 이번에는 금세 뼈속까지 추위가 찾아왔다. 산을 내려오는 도중 지리산대피소에서 따뜻한 물 한잔으로 몸을 녹이면서 공원담당직원들의 애로사항을 듣게 되었다.

지리산 세석대피소는 지리산 종주를 위한 일종의 베이스 캠프역할을 하는 기능을 하며, 해마다 약 6만 명가량이 대피했다가는 곳임에도 불구하고 상시전력이 아니어서 불편함이 이만저만이 아니라는 것인데, 직원들의 불편이 가장 크게 느껴졌고, 이용하는 시민들의 불편 또한 매우 클 것으로 예상되었다.

시민을 위해 밤낮으로 노력하는 공원직원들과 아쉬운 작별을 하고 후배 집에 들러 늦은 점심을 하였다. 두메산골에서 고등학교를 보내는 것도 거의 불가능해 보일 정도로 깡촌마을이었지만 후배의 어머니는 4남매를 훌륭히 잘 키워내셨다. 후배 어머니의 모습을 보니 불현듯 부산에 계신 어머니 생각이 났다. 어머니께서는 원래 경남 고성분이신데 내 나이 2살 즈음에 시골에서 무작정 도시로 나오셔서 돌아가신 아버지와 함께 4형제를 키우셨다.

또한, 후배의 사촌형은 영농후계자로 농사를 짓고 있었는데 피부에 와 닿는 농촌 실정에 대해 많은 대화를 나눌 수 있었다. 특히 쌀농사를 지어서는 자식들을 제대로 교육시키기가 어렵다는 말씀을 하셨다.

농민 한사람이 아무리 열심히 농사를 짓더라도 연평균 천만 원을 넘기기가 어렵다는 말씀을 들으니 국회농수산위원을 지냈던 나로서는 그동안의 무지에 대해 부끄러워졌다. 사촌형은 현재 2명의 자녀를 대학에 보내 공부를 시키고 있었다. 비록 힘들지만 좌절하지 않고 살아가는 수많은 농민들이 있기에 우리 영토는 피폐하지 않고 잘 보존되고 있는 것이다. 이 분들을 위한 정책적 배려와 예산 지원은 항상 가슴속에 담아두며 실천해야 하겠다.

1박2일간의 지리산 방문은 과거 멋과 낭만을 생각하며 여행을 떠났던 학창시절의 등반과는 달리 우리 농촌과 농민을 한 번 더 생각하게 하는 의미 있는 발걸음이었다.

"지리산에서 산을 본 것이 아니라 농심(農心)을 보았다"

제주도

제주올레

우리가 걷고 싶은 길은

허영선

우리가 걷고 싶은 길은
바닷길 곶자왈 돌빌레 구부구불 불편하여도
우리보다 앞서간 사람들이 걷고 걸었던 흙길
들바람 갯바람에 그을리며 흔들리며
걷고 걸어도 흙냄새 사람냄새 풀풀 나는 길
그런 길이라네

우리가 오래오래 걷고 싶은 길은
느릿느릿 소들이, 뚜벅뚜벅 말들이 걸어서 만든 길
가다가 그 눈과 마주치면 나도 안다는양 절로 웃음 터지는

그런 길, 소똥 말똥 아무렇게나 밟혀도 그저 그윽한 길
느려터진 마소도 팔랑 팔랑 나비도
인간과 함께 하는 소박한 길
그런 길이라네

정말로 정말로 우리가 가꾸고 싶은 길은
모래언덕 연보라 순비기향 순박한 바당올레
이 오름 저 오름 능선이 마을길 이어주는 하늘올레 같은,
돌바람벽 틈새론 솔솔 전설이 흘러들고
그 길 위에서 아이들이 까르르 소리내면
제주섬 올레도 따라 웃고,
팽나무 등거죽 아래 자울자울 할머니
설운 역사 눈물도 닦아주던, 그런 고운 마을 길
그 길 위에 서면 너도 나도 마냥 평화로워지는 길,
그 길 위에 서면 너도 나도 그저 행복해지는
그런 길이라네

우리가 찾는 길은
자꾸만 넓어지는 길, 가쁜 숨 몰아쉬는 길이 아니라
늦어도 괜찮다 기다려주는 길
천천히 걸으면 황홀한 속살마저 보여주는 길
과거와 미래를 향해 열려 있는 길이라네
진정 우리가 걷고 싶은 길은
길 위의 마음 하나, 길 위의 사람 하나, 하나가 되는 길
흙의 깊은 마음과도 통할 줄 아는 그런 길
사람의 길이라네
이제 그 첫 번째 제주올레 길 위에 너와 나 함께 서 있네

누군가 불러준다면 언제든지 달려가고 싶은 섬!

제주도의 또 하나의 의미 있는 관광 명물 올레길에 대한 경험을 위해 제주도로 갔다. 제주도는 나에게 특별한 의미가 있는 섬이다. 첫 인연은 1989년으로 거슬러 올라간다. 대학을 다니던 때 졸업여행을 제주도로 갔다. 그 당시 첫 이미지가 이국적인 풍경을 가진 섬이었다. 그 당시 관광코스대로 기계적(?)으로 움직였지만 좋은 인상을 가졌다.

두 번째 인연은 1995년 12월 제주도에 특강을 위해서였다. 방학 중에 자격증준비를 하는 대학생들을 상대로 약 한달 보름간 매주 제주를 다녀왔다. 특강을 하러 가던 어느 날 총선에 대한 기사를 보고 출마를 결심하게 되었다. 어려운 역경 속에서도 15대 국회의원 선거에 나올 수 있는 결심을 제주도와의 인연을 통해 한 것이다. 이후에도 가끔 아름다운 풍경과 4.3사태라는 현대사의 아픔을 담고 있는 제주도를 찾았다.

2004년 4월 총선에서 당선된 후에도 제주사랑은 이어졌다. 제주도에 대한 애틋한 사랑덕분에 2005년 4월에 제주시로부터 명예시민증을 수여 받았다. 지금도 나의 가슴속에 명예시민증을 항상 품고 다닌다. 아마도 제주도와 나의 교감과 교류 그리고 사랑은 영원히 계속될 것이다.

제주 올레 길에서

올레 길을 걸으며

제주도에 새로운 길이 열렸다는 소식을 듣고 다시 제주를 찾게 되었다. 제주 올레길을 개척한 선구자인 서명숙 대표를 만났다. 커피숍에서 이미 나와 기다리고 계시는 분의 첫 이미지는 가냘파 보이면서도 세상을 바꾸려고 하는 의지가 강한 분으로 느껴졌다.

우리사회를 좀 더 참되게 만들어 보겠다는 의지가 보였고, 이런 분들이 우리사회 곳곳에 계시다는 것에 감사함을 느꼈다. 제주 올레는 앞으로 성공하리라 믿는다. 이것은 다른 지방에서 전혀 시도하지 않은 것을 최초로 시도한 것이었다. 올레길(=골목길)라는 용어에서도 나오지만 토속적이고 역사적인 의미가 있다고 생각한다.

제주 올레를 걸으면서 의미를 담아 보기 위해 직접 현장으로 향했다. 올레 길을 걸으며 평화로운 마음이 들었다. 우리 삶의 휴식처가 된 올레 길을 느낄 수 있었다. 그곳에서 아름다운 자연경관을 보고 느낄 수 있어서 참으로 기분이 좋았다.

인간은 누구나가 가끔은 일상을 떠나 자연 속으로 들어가고 싶어 한다. 올레는 일상에 지친 인간에게 훌륭한 벗이 되어 줄 수 있다. 올레 길을 걷노라면 제주의 아름다운 경관과 한적한 여유로움이 대도시의 각종 소음과 공해로부터 잠시나마 해방시켜준 것 같아 고맙게 느껴졌다.

지역구도 아닌 지역의 연구소를 방문하여 관심을 가지는 이유

나는 제주도의 명예시민이며, 제주도에 대한 애정이 누구보다 남다르다. 제주도 뿐만이 아닌 모든 문화에 대하여 관심을 갖고 있으며, 특히 제주도 문화가 소외받아서는 안 된다고 생각한다. 문화란 우리 조상의 얼을 배우고 현재를 살고 있는 우리가 무한한 힘을 발휘 할 수 있도록 도와주는 중요한 자산이라고 생각한다.

허남춘 연구소장 면담

허남춘 연구소장을 만나 제주 문화연구에 대하여 너무 등한시 하지 않았나 하는 아쉬움이 들었다. 중앙정부에서 제주문화에 대한 연구에 대해 더 많은 재정적 뒷받침이 필요하다고 생각한다. 우리나라 역사를 더 알기 위해 탐라문화에 대하여 구체적이고 실증적인 연구가 필요하다. 소장님께 탐라문화를 구체적으로 연구할 수 있는 팀을 만들도록 부탁하였고, 소장님께서는 흔쾌히 학계, 간계, 시민단체, 언론계 등 많은 인사들을 접촉하여 팀을 만들어 보겠노라고 의욕을 보여 주셨다.

제주도 주민들과 함께

제주도 풍경, 3월에 핀 유채꽃을 보며

　노란 유채꽃을 보며 제주도의 아름다움 풍경을 느낄 수 있었다. 어느 마을이던 상징하는 꽃이 있겠지만 우리 국민들이 정확히 기억하는 마을의 꽃은 제주도의 유채꽃이 거의 유일하지 않을까 생각한다.

　곳곳에 피어있는 유채꽃을 보면서 산책을 하다가 우연히 한 기업에서 운영하는 큰 차밭을 구경하게 되었다. 가까이에서 차밭을 구경하기는 처음이라 차밭 안으로 들어갔다. 그곳에서 도시락을 드시고 계시는 아주머니, 할머님을 발견하였다. 옛날 어머니께서 밭에 나가서 일하시던 모습이 떠올라 단숨에 달려가 인사를 드렸다.

　제주도 찬바람을 등에 지며 차갑게 식은 도시락을 드시는 모습을 보며 한편으로는 마음이 아팠고, 또 한편으로 우리 어머님들의 강인한 모습을 발견할 수 있었다. 한 어머니께서는 나를 보시고는 서울에 간 아들이 생각난다고 하셨다. 궂은일을 하시면서도 항상 자식을 걱정하는 우리의 어머니!

　부모님의 사랑은 내리사랑이라 했던가. 어찌 감히 부모님의 하늘같은 은혜를 알 수 있겠는가! 매일 매일 효도하더라도 그 은혜는 갚을 수 없다. 젊은이들은 항상 우리를 위해 희생하신 부모님을 한시라도 잊어서는 안 될 것이다.

아쉽게도 직장 때문에 떨어져 사는 경우가 대부분이다. 부모님은 자식들에게 신세를 지지 않으려고 한다. 가끔 이런 깊은 뜻을 망각하고 사는 이들이 있다. 부모님을 위해 효를 실천하는 것을 과거의 유물로 취급하는 것은 우리 사회의 가장 큰 가치관을 잃어버리는 것과 같다.

요즘 TV나 영화는 주로 흥미위주로 프로그램이 많이 짜여 있다. 과거 "엄마 없는 하늘아래" 처럼 국민의 마음을 정화시켜 주는 영화가 그립다. 가부장적인, 극히 보수적인 예의는 삼가더라도 최소한의 도덕과 예는 인간이 살아가는데 필수요건이다.

앞서 언급한대로 가족단위의 공동체의식이 보다 넓혀지면 인류전체의 공동체로 이어진다. 부족한 부분을 서로 보완해주고 서로 사랑하는 마음이 싹트는 가정이 건강한 사회를 만들어 낸다. 특히 우리를 위해 항상 기도하고 또 기도하는 부모님께 오늘 한번 안부 전화라도 하면 어떨까.

평화박물관

제주는 과거 독재 권력과 반민주적인 인사들에 의해 수많은 민중이 억울하게 희생당한 4.3의 아픔이 있는 섬이다. 광주 5.18민중항쟁과 더불어 우리 현대사에 꼭 기억해야 할 역사이다. 대한민국의 역사는 위정자에 의해 만들어진 것이 아니라 국민들이 지켜낸 것이다. 우리 국민이 이처럼 자유와 민주주의를 누릴 수 있게 된 것도 몇몇 운동권 출신들이 아니라 저항정신을 지닌 수많은 국민들에 의해 만들어진 것이다.

1945년 세계 2차대전 이후 해방된 나라 가운데 가장 빠른 속도로 민주화와 경제성장을 이룬 나라는 대한민국 밖에 없다. 수

많은 국민들의 피와 땀을 토대로 지금의 대한민국이 존재하는 것이다. 30년 후의 대한민국을 그려보면 지금보다 훨씬 발전하여 어쩌면 세계1위의 강대국으로 우뚝 서 있을 지도 모른다.

꿈같은 이야기로 들릴지 모르지만 나는 우리국민의 저력을 믿는다. 우리가 민주화를 이룬 게 겨우 20년 안팎이다. 우리가 본격적인 경제성장이 70년대 말을 기준으로 했을 때 30년이 지난 지금 세계 10위 안팎의 경제국가로 성장하였다. 우리나라는 짧은 시기에 눈부신 성장을 하였고, 앞으로 이러한 발전은 계속될 것이다.

언제부터인가 이 섬을 평화의 섬으로 부르기 시작했다. 제주의 평화정신이 한반도와 아시아를 넘어 세계로 이어지기를 기대해 본다.

평화를 염원하면서 찾아간 곳이 제주시 한경면 청수리 평화마을에 위치한 제주평화박물관이다. 제주평화박물관 입구에 도착하니 안내원들이 친절히 맞이해 주었다. 매일 반복되는 일상임에도 불구하고 최선을 다하는 젊은이들의 모습을 보니 힘이 났다.

전시관을 둘러본 후, 전시관 옆 통로를 지나 지하땅굴현장을 방문하였다. 일제 강점기 때 우리 국민들이 강제 노역으로

● 꼭 이야기하고 싶은 작은 박물관

평화박물관(2004.2.29개관)은 제주특별자치도 제주시 한경면 청수리 1166번지 가마오름에 위치해 있습니다. 이영근(1953년생, 평화박물관 관장) 부친인 이성찬옹(1921년생, 서귀동 홍동 거주)이 당시 21세 나이로 2년 6개월 동안 강제 노역을 했던 현장입니다.

이곳은 일제 강점기에 일본의 군대가 주둔했던 땅굴진지로 후세들이 전쟁의 현장에 찾아와 과거의 역사를 바로 배우고 반성함으로써 화합의 꽃이 피어나는 평화의 전당이 될 것이며 다시는 이 땅에 전쟁의 포성이 울리지 않기를 바라는 마음으로 그 증거물을 모아 여기에 평화박물관을 건립하였습니다. 가마오름 일본군 땅굴진지는 미로형 최대 규모 요새로서 총길이 2km에 이르는 땅굴진지가 구축되어 있으며 땅굴은 1,2,3,4지구로 구분할 정도이며 1,2,3층 구조로 가마오름 전체가 공격과 방어를 할 수 있는 지하 요새 진지입니다.(대한민국 근대문화유산 등록문화재 제308호)

이 가운데 제 1땅굴 300m구간을 복원하여 일반인에게 개방하고 있으며 내부는 그때 당시의 모습을 생생하게 체험할 수 있습니다. 당시 영상과 유물 및 자료를 관람할 수 있는 실내 전시실과 가마오름 일본군 땅굴진지를 체험하는 실외공간으로 분리되어 있습니다. 영상관은 대형 스크린을 갖춘 영상관(1,2,3관-동시 1,200명 수용 가능)으로 당시 이곳에서 징용자로 일했거나 작업현장을 목격한 사람들의 증언 및 당시 실제 촬영 영상을 볼 수 있습니다. 전시관에는 당시유물자료가 전시되어 있으며 당시 일본정부가 각 부처별로 발표한 전쟁자료 및 산업자료를 일주일마다 발행한 관보성격의 조선총독부 통보, 주보. 창씨개명, 조선사정, 정신대 모집 문건(미 의회 자료 요청에 의해 복사본 제출-9권

많은 고통을 받았다고 생각하니 가슴이 아팠다. 이 같은 역사가 반복되게 하지 않게 하기위해서라도 평화박물관은 잘 보존되어야 한다.

아쉽게도 개인의 노력으로 지탱되고 있는 상황이라 이에 대한 국가와 지자체의 공동 노력이 필요하다. 특히 일본에서는 평화박물관에 대하여 깊은 관심을 갖고 있다고 한다. 과거 자신들의 저지른 만행에 대하여 반성할 수 있는 계기가 될 것으로 생각된다.

독일

작년 연말 국교 수립 125주년을 맞이하여 수도 베를린을 첫 방문하였다. 베를린은 서울과는 사뭇 다른 인상을 주었다. 마치 한국의 시골도시처럼 편안한 느낌을 받았다.

서울과 같은 높은 빌딩보다는 나지막한 건물들이 균형적으로 형성되어 있었다. 독일은 우리나라 보다 더 잘사는 나라임에도 불구하고 상당히 검소한 생활과 자연경관을 잘 보존하고 있었다.

독일 도시에서의 인구분포를 살펴보면, 베를린이 인구가 한 300만 정도이며, 전체적으로 50만 정도의 단위로 균형 발전되어 있는 자치도시들이었다.

평소 우리나라의 수도권 집중현상은 바람직한 도시의 모델이 아니라고 생각해 왔다. 지금이라도 독일과 같이 시골에도 많이 거주하도록 하여 국토를 효율적으로 균형 발전시켜 활용했으면 좋겠다. 독일 시민들에게 부동산에 대해 어떻게 생각하는지 물어보니, 독일에서는 부동산에 대한 투기는 상상도 못하고 있다고 답하였다.

그곳 국민들은 열심히 땀 흘려서 벌어들이는 수입으로 생활하고 있었다. 그런 점이 어느 나라보다도 국민 수준을 높였다고 생각했고, 특히 우리가 배워야 할 점이 아닌가 느끼게 되었다. 검소하면서도 여유로운 생활을 하고 있는 독일 베를린 사람들을 보면서, 어서 빨리 우리나라 서울의 모습으로 비춰지길 바란다.

학비가 면제 또는 아주 저렴한 가격이므로 한국의 유학생들도 많이 지원하고 있었다. 우리 일행을 안내해 준 이도 독일에서 건축학 석사공부를 하고 있는 유학생이었다. 현재 환경과 밀접한 건축학을 배우고 있는데 열심히 배워서 한국에서 일을 하고 싶다는 뜻을 나타내었다.

독일의 교육제도에서 볼 수 있듯이 많은 선진국의 교육은 우선 학생들에게 학자금의 부담감을 상당히 덜어주는 공통점이 있었다. 우리나라의 교육도 대학생들에게 학자금에 대한 불안에서 해방될 수 있도록 적극적인 노력을 해야 한다고 생각했다.

독일의 산업을 이야기 할 때, 가장 먼저 떠오르는 것이 자동차이다. 베를린 시내에서는 폭스바겐, 아우디, 벤츠, BMW, 오펠, 포쉐 등의 차들이 뽐내며 달리고 있었다. 그들은 자신들의 자동차를 명품으로 만들기 위한 기술개발을 끊임없이 하고 있었다.

독일은 중소기업을 바탕으로 한 제조업이 상당한 기술경쟁력을 갖추고 있기에 기술, 기계제품의 수출이 전 세계1, 2위를 다투고 있다. 의존형 중소기업이 대부분인 우리나라와는 달리, 독일의 중소기업은 자립형 중소기업이 많은 비중을 차지하고 있다. 대기업과 중소기업이 주종관계, 수직적 관계가 아니라 상생관계, 수평적 관계를 이루고 있는 점은 우리가 배워야 할 점이다. 오랜 전통을 갖고 있는 기업들의 장인 정신과 기업들 간에 유기적으로 협력하고 상생하는 모습은 독일의 큰 힘이 되고 있었다.

독일의 관광산업

독일의 관광산업의 특징은 요란스럽지 않으면서도 친근한 느낌을 준다는 것이다. 중세시대를 그대로 재현해놓은 드레스덴시에는 세계 2차대전 당시 영국공군의 무자비한 폭격에 의하여 잿더미로 변한 도시가 옛 모습 그대로 재현되고 있었다. 폭격당시 무사히 남아있던 벽돌들을 버리지 않고 사용함으로써 자연스러운 분위기를 연출하기 위해 노력하였다. 또한, 드레스덴의 주거지와 관광지가 우리처럼 분리되어 있는 것이 아니라 서로 어우러져 있었다. 불편함을 주지 않는 관광, 문화와 일상생활이 이원화되지 않는 모습에서 우리나라 관광산업이 가야 할 방향을 제시하는 듯 하였다.

포츠담(Potsdam)은 베를린을 둘러싸고 있는 브란덴부르크 주의 주도로 인구는 약 15만 명의 조용하고 아담한 도시였다. 포츠담회담 장소인 체칠리언호프 궁전은 독일의 마지막 왕자부부가 거처한 곳으로 주변에 호수와 울창한 숲이 주위를 감싸고 있었는데 궁전이라기보다는 아담한 전원주택같이 느껴졌다.

궁전 내부에는 관람객들이 가까이에서 역사적 사실들을 눈으로 확인할 수 있도록 세심한 배려를 한 것이 인상적이었다. 영어, 일어 등 수개국의 언어로 궁전의 사실적 내용들을 들려주었는데 짜임새 있는 설명이 좋아보였다.

질서정연하게 전시된 한켠에는 19세기 말 말을 타고 긴 칼을 옆에 찬 독일군인들의 모습을 담은 사진을 보았다. 마치 우리 역사로 치면 구한말 시대쯤 되어 보이는 것이었다. 흡사 일본 순사의 모습이 연상되는 순간 개방에 대한 중요성을 깨닫게 되었다.

우리 역사가 조금 더 개방적 사고 접근했으면 훨씬 더 많은 변화를 가져올 수 있었고 일본에 의한 식민의 역사도 없었을 텐데 하는 아쉬움이 남았다.

포츠담시에 있는 가장 아름다운 성 중의 하나로 꼽히고 있는 상수시(Sans souci)를 방문하여 보았다. 프리드리히 대왕의 여름궁전이었던 상수시궁전은 뜻이 불어로 근심이나 걱정이 없는 이라는 뜻의 형용사이다.

궁전은 1747년에 파리에 있는 베르사이유 궁전을 모방해서 세워졌는데 독일에 웬 프랑스어로 된 궁전이 있을까가 궁금해진다. 당시 대왕이 프랑스 문학에 심취해서 볼테르를 비롯한 프랑스의 계몽주의 문인들과 깊은 친교가 있었다.

실내장식은 로코코양식의 전형을 보여주고 있으며 주변은 깊은 숲으로 조성되어 있고 성 앞은 계단식으로 조성되어 있는데 멀리서 보면 한 폭의 그림처럼 우리에게 다가오는 친근하고 멋진 성이었다. 아름다운 포도나무 정원과 확 트인 전망 그리고 공원 곳곳에 만들어진 1800년대 건축물들의 조화는 보는 이들의 '근심이나 걱정'을 싹 가시게 하는 마법을 지닌 것처럼 보였다. 현대화된 시대에 살면서 예전의 문화유산을 아름다운 자연 속에서 조화롭고 온전하게 잘 보존하고 그것을 자원으로 관광 수입을 벌어들이는 그들이 새삼 부러워졌다.

요즘엔 우리나라에서도 문화유산에 대한 관심이 부쩍 높아지고 있어, 국가와 지방자치단체에서 투자를 많이 하고 있다. 하지만, 그 역사가 짧아서일까 아니면 인식이 부족해서일까 문화와 관광 그리고 생활이 다소 동떨어져 보인다. 한쪽에선 문화유산보존사업을 하고 있는데 한쪽에선 아파트나 고층빌딩이 들어서서 문화유산의 경관을 해치는 모습은 불균형적인 어색함을 보여주었다.

우리나라는 매년 역사문화 고적지를 유지, 보수하기 위해 엄청난 예산을 사용하고 있지만 접근성과 편리성 등이 떨어져 관광객들의 숫자가 크게 늘어나지 못하고 있다.

독일의 관광산업에도 깊은 철학이 내포되어 있는 것 같았다. 매우 정성스럽게 과거의 유산들을 보존하고 있었다. 아파트나 콘크리트 숲이 아닌 자연그대로의 숲과 맑은 공기 그리고, 휴식의 여유로움이 우리를 반기고 있었다.

독일을 방문한 목적중 하나는 통일에 대한 교훈을 얻기 위해서였다. 타 국가의 통일과정을 통해 우리나라의 통일을 생각한다는 것은 매우 중요하다고 본다. 2차 세계대전 이후 전후 처리를 논의한 "포츠담 선언"의 역사적인 장소인 체칠리헨호프 궁전으로 향했다.

이 궁전은 1945년 7월 영국의 처칠, 미국의 트루먼, 소련의 스탈린 등 3국의 수뇌가 모여 2차 세계대전 이후 전후 처리를 논의한 곳이다. 그 당시 일본의 식민지였던 한반도로서는 운명을 가르는 매우 중요하고 역사적인 회담이었다. 궁전 곳곳에는 3국의 수장들이 쓰던 서재가 고스란히 보존되어 있었다.

회담을 했던 회의실내에 있는 두터운 나무로 잘 만들어진 테이블에는 영국, 미국, 소련 등 3국의 국기가 꽂혀 있었으며 마치 그 시대로 되돌아 온 듯한 엄숙한 분위기가 물씬 풍겼다.

동독의 마지막 총리 한스 모드로우를 만나서 독일의 통일되는 과정을 듣게 되었다. 통일과정은 매우 어려운 과제였지만 동, 서독간의 신뢰가 바탕이 되어 전광석화같이 통일에 이르게 되었다고 한다. 하지만 통일이 된지 십수 년이 흘렀지만 여전히 통일에 대해 불만족스러워하는 동독인들 많다고 한다. 가장 큰

동독 마지막 총리 〈한스 모드로우〉와 함께

이유는 동서독간의 빈부격차에서 비롯되는 것이다.

동독 전 총리의 말을 빌리자면 결코 통일을 서두를 필요는 없다고 얘기했다. 통일에 반대하는 것이 아니라 통일에 너무 서두르다가는 서로가 힘들어질 수 있다는 말이다.

가장 중요한 것은 양국 간 평화가 공존을 해야 하며, 연방국가 형태, 1국가 2체제라든지, 미국과 같이 독립적인 주 형태로, 다양한 형태의 통일방안이 있을 수 있으며, 인위적인 통일, 정치적 목적에 의한 통일은 오히려 부작용을 초래할 수 있다고 본다. 동독의 마지막총리와 많은 대화를 나누며 통일에 대한 깊은 인상을 받았다.

세계 해양도시

세계 해양도시와 부산

부산은 아름다운 도시이다. 호주의 시드니와 견주어도 전혀 손색이 없는 해양도시이다. 많은 전문가들은 부산이 세계적인 국제 해양 도시로 발전해 나가야 한다고 생각한다. 이미 훌륭한 지리적인 여건과 자연적인 조건, 그리고 300만 명 훨씬 넘는 풍부한 인력 등 사회적 인프라도 잘 갖추어져 있다.

어릴 적부터 부산에서 자랐기 때문에 바다를 항상 가까이에서 볼 수 있었다. 그 당시에는 바다가 너무 가까이 있었기 때문인지 바다에 대한 가치에 대해 소홀하지 않았나 하는 생각을 한다. 하지만, 몇 해 전부터 미국, 호주, 일본, 중국, 캐나다 등 선진강국들의 주요도시를 연구하면서 바다에 대한 가치를 발견하게 되었다.

우리는 이들 나라의 주요도시에 대한 공통점을 쉽게 찾을 수 있다. 예를 들어, 미국의 수도는 워싱턴, D. C.이지만, 미국의 제1의 경제 수도는 항만을 끼고 있는 뉴욕이다. 서부의 대표적인 도시인, 로스앤젤레스, 샌프란시스코 역시 해양도시이다. 그리고 미국인들은 자국을 내륙국가가 아닌 해양국가라 이야기할 정도로 바다를 좋아하는 경향이 있다.

호주의 수도는 캔버라이다. 하지만, 호주의 경제 수도는 시드니를 꼽는다. 시드니의 인구는 수도 캔버라보다 10배 가량 많으며 각종 경제규모 역시 비교가 되지 않는다. 또한 런던, 뉴욕과 더불어 세계 3대 유학 선호지역인 멜버른 역시 항구를 가진 해양도시이다. 남동부 빅토리아주(州)의 주도인 멜버른은 호주에서 시드니와 양대 산맥을 이루며 발전하고 있는 항구도시이다.

일본의 정치, 경제 수도는 도쿄이며, 도쿄 역시 항만을 가지고 있는 해양도시이다. 기타 일본의 경제비중이 높은 도시들로 오사카, 요코하마, 고베를 들 수 있는데, 이들 모두 항만을 낀 해양도시이다.

빠른 속도로 성장하고 있는 중국의 예를 들어보자. 중국의 수도는 베이징이지만, 명실 공히 경제수도는 상하이이다. 인구도 베이징보다 약1.2배 규모로 더 많으며 중국의 무역, 과학기술, 정보, 금융의 중심도시이며 항만을 갖춘 해양도시이다.

중국을 찾는 많은 외국회사들은 베이징보다는 상하이를 더 선호하며 현재 세계유수기업들의 주재원들이 상하이에서 활동하고 있다. 상하이는 이미 세계적인 도시로 성장했으며 그 바탕에는 대기환경이 매우 열악한 수도 베이징에 비해 쾌적한 환경을 지닌 해양도시라는 강점이 이 존재했기 때문이 아닐까? 상하이의 경제 중심지역인 푸둥 지구에는 외국기업만 1만개가 넘게 들어와 있다.

캐나다의 수도는 오타와이지만 우리에겐 다소 생소한 이름이다. 하지만 밴쿠버는 한번쯤 들어본 익숙한 이름일 것이다. 영국의 유명 시사지에서 선정한 세계에서 가장 살기 좋은 도시 1위가 바로 밴쿠버인데 인구 57만의 해양도시이다. 이미 우리에게 잘 알려져 있는 싱가포르와 홍콩 역시 해양을 최대한 활용하여 부가가치를 높이는 훌륭한 국가이자 도시이다.

직할시 상하이

중국에는 현재 북경, 톈진, 상하이, 중경 등 4개의 직할시가 있다. 중국의 직할시는 우리나라의 특별시와 비슷한 의미로 볼 수 있다. 중국 4개 직할시의 인구를 살펴보면 흥미롭다. 북경 1150만 명, 중경 3500만 명, 상하이 1500만 명, 톈진 1200만 명이 각각 살고 있다. 제일 많은 인구를 보유한 도시는 중경이며 북경이 제일 적은 인구를 보유하고 있는 것이다.

우리나라의 수도권 집중현상과는 사뭇 다른 느낌을 주는 것이 인상적이다. 과거부터 부산을 해양중심의 도시, 우리나라 최대의 항만도시라는 표현을 자주 사용해 왔다. 하지만, 부산시와 부산시민이 추진한 '해양특별시'로의 승격 에 대해서는 중앙정부의 인식이 인색하기 짝이 없다.

해양도시 부산

부산은 현재 무늬만 2위 도시이다. 여러 가지 지표를 봤을 때 날이 갈수록 타 지역과의 경쟁력에서 뒤처지는 현상을 보여주고 있다.

특히 각종 성장지표에서도 이미 경기도, 인천 등의 비교했을 때 힘든 경쟁을 하고 있다. 300만 명이 훨씬 넘는 인구를 가진 대도시는 세계적으로 그리 많지 않다. 그럼에도 불구하고 부산은 자립형 도시에서 거리가 멀다.

앞서 언급한 바대로, 전 세계의 주요 해양도시는 부가가치가 매우 높아 그 나라의 경제중심도시로 발전하고 있다. 전문가들의 주장대로 부산의 장점을 제대로 살린다면 부가가치가 매우 높은 도시로 성장할 수 있을 것으로 예상된다.

현재 부산은 재정자립도가 낮기 때문에 해마다 수조원이상의 막대한 중앙정부의 예산을 지원 받고 있다. 따라서 중앙정부의 예산을 절감하기 위해서는 타 국가의 수준 높은 해양 도시처럼 부가가치가 높은 도시가 되어야 할 것이다.

만약, 부산이 서울처럼 재정자립도가 90% 이상이 된다면 수조 원의 중앙정부의 예산을 절감할 수 있게 된다. 예를 들면, 연간 1조원씩 중앙정부의 국비지원을 절감한다고 했을 때, 10년간 10조 원의 엄청난 예산을 절감하는 효과를 거두게 되는 것이다.

"왜 부산이 해양특별시가 되어야 하는지에 대한 그 해답을 여기서 찾을 수 있지 않을까?" 당돌한 생각을 해본다.

부산의 경쟁력을 다시 생각해야 한다.

전문가들은 수도권 집중화의 부작용을 해소하기 위해서라도 수도서울의 제일 남단 끝 해양도시인 부산을 주목해야 한다고 주장한다. '21세기 디지털 유목민 되기'를 주창한 윤순봉 박사는 부산을 우리나라 최대의 관광도시, 국제도시로의 가능성이 매우 높은 도시라고 주장하였다. 심플하지만 확신에 찬 그의 말에 귀가 쫑긋해진다.

"부산을 먹고 마시며 즐기는 산업으로 높은 부가가치를 창출할 수 있습니다."

그는 영국 스코틀랜드의 주도인 '에든버러'라는 도시의 예를 들었다. 인구 50만 명이 채 되지 않는 소도시에 한해 평균 1300만 명의 관광객이 찾아온다고 한다. 해마다 열리는 축제를 구경하기 위해 전 세계인들이 몰려오는데 우리나라를 찾는 관광객이 연간 600만 명으로 봤을 때, 실로 대단한 성과이다. 부산은 앞으로의 먹고 사는 문제를 굳이 제조업에서만 찾으려 해서는 안 된다고 그는 힘주어 말한다.

"경쟁력이 떨어지는 산업들은 과감히 타 도시로 양보하고 새로운 산업을 창출해 내어야 합니다."

부산의 경쟁력은 지리적, 지형적 특성이 타 도시에 비해 월

등하다는 것이다. 도심지내 해운대, 광안리, 송도, 다대포, 송정 등 훌륭한 해수욕장을 보유하고 있다. 또한 태종대, 을숙도, 금정산 등 아름다운 자연경관을 지닌 도시는 전 세계에도 드물다. 규모면에서 아름다움 면에서 전혀 손색이 없는 천연의 해양도시가 바로 부산이다.

부산의 또 하나의 장점은 타 도시에 비하여 매우 낙천적이고 개방적인 항구도시특유의 근성이 남아있다고 한다. 그의 주장대로 어쩌면 젊은이들이 어우러져 먹고 마시고 즐기기에 가장 적합한 도시가 부산이 아닐까? 벌써 가슴이 설렌다.

"박사님, 그럼 부산에는 어떤 산업이 주력이 되어야 합니까?"

"부산의 주력산업은 크게 관광과 의료산업으로 가야 합니다."

해양, 해상관광산업을 육성시켜 내야 한다는 것이 그의 주장이다. 부산을 중심축으로 했을 때, 포항, 경주, 울산, 충무, 남해, 목포, 제주로 잇는 벨트는 훌륭한 해상관광 코스가 된다는 것이다. 특히 성웅 이순신장군과 해신 장보고장군의 스토리를 담은 벨트관광은 전 세계인에게 큰 감동을 주는 관광이 될 것으로 확신하였다.

또한 해양, 해상관광은 물론이거니와 의료와 접목시키는 관광도 필요하다고 한다. 의료산업은 주로 성형과 관련된 뷰티의료가 좋으며 성형 전후 일주일가량 혹은 그 이상 머물면서 다양한 관광을 즐길 수 있는 인프라를 구축해야 한다고 주장하였다.

그는 또 젊은이들과 관련된 흥미로운 주장도 내놓았다.

"전 세계에서 프로게이머 군단을 가진 나라는 우리나라밖에 없어요."

그 후 프로게이머에 대해 자료를 찾아보니, 프로게이머는 집중력과 빠른 두뇌 회전, 성취욕구가 강한 사람들에게 유리한 직업이며 세계 젊은이들의 선망의 대상이 되고 있는 직업이었다.

"우리나라 비보이팀이 세계최강입니다 세계젊은이들이 우리나라 비보이팀에 열광합니다"

미국에서 시작한 비보이(B-boy) 역시 매우 많은 마니아층을 형성하고 있으며 21세기의 문화로 자리 잡고 있다. 우리나라 선수가 참여하지 않는 대회는 국제대회로써의 권위가 약화된다고 할 정도로 국내선수들의 실력이 단연 돋보인다고 한다.

"이러한 젊은이들이 어우러져 문화를 만들어 내는 공간이 필요합니다. 그런 공간은 개방되어 있어야 하며 자유로워야 합니다."

부산항 개항 이래, 최대 프로젝트인 부산항 '북항재개발사업'이 최근 착공하였다. 이 개발을 통하여 친수공간과 더불어 쇼핑, 비즈니스, 금융 등 다양한 을 선보일 예정이다. 약 43만 명 규모를 개발할 예정이며 앞서 언급한 관광산업과 연계하여 개발한다면, 매우 높은 가치를 창출해 낼 것으로 예상하고 있다.

이렇듯이 부산의 미래는 매우 밝다. 하지만, 실천하지 않는 계획은 무의미하다. 전문가의 분석대로 부산의 산업이 재편되고 새로운 부가가치가 창출된다면 우리나라에 큰 기여를 하는 도시가 될 것이다.

통일을 꿈꾸며

사람들은 누구나 자신의 성장에 영향을 끼치는 위인들이 있다. 나는 평소 존경하는 인물로 백범 김구선생을 꼽는다. 그 이유는 평생 통일과 민족화합을 위해 헌신하셨기 때문이다. 하지만, 독일의 마지막 동독 총리가 말했듯이 통일은 신중하고 여유를 가지고 접근해야 할 과제인 것 같다.

금강산

그리운 금강산

누구의 주제런가 맑고 고운 산
그리운 만이천봉 말은 없어도
이제야 자유만민 옷깃 여미며
그 이름 다시 부를 우리 금강산

수수 만년 아름다운 산 못가본지 그 몇해
오늘에야 찾을 날 왔나 금강산은 부른다

금강산에 대한 익숙한 가곡이다.

고등학교 음악시간에 불렀던 '그리운 금강산'은 항상 마음
속에 자리 잡고 있었던 꿈의 산이었다. 통일이 되면 가볼 수 있
겠지 하는 막연한 기대감을 가지기도 하였지만 그 시간은 뜻하
지 않게 빨리 찾아왔다. 1998년 11월 18일 남북화해와 포용정책
을 통하여 금강산 문이 열린 것이다.

2000년 5월경에 처음 금강산을 다녀왔다. 부산에서 출발하
여 동해항에 내린 우리 일행은 다시 금강산으로 향하는 배를 타
고 먼 바다 공해상을 지나 다시 북한 영해로 들어가는 불편함을
감수하였다. 그러나 멀게만 느껴졌던 이북 땅 그곳을 밟아보는
그 느낌은 실로 감격스러움 그 자체였다.

낯선 북한 동포들을 보면서 우리민족이라는 느낌이 들어 가
슴 뭉클함을 느꼈다. 온정리 마을을 둘러볼 때에는 뜨거운 동포
애를 느끼게 되었다.

아름다운 금강산에서 흠뻑 취한 나는 통일에 대한 열망과
영원한 평화를 기원하였다. 이후에도 서너 차례 더 금강산을 방

금강산에서 - 통일을 꿈꾸며

문하여 머릿속에 확실히 담아 두었다. 사실 국내 지리산보다 더 많이 다녀오는 산이 된 것은 아이러니하다.

요즘은 남북한 관계가 경색되어 금강산가는 길이 어려워졌다. 남북이 정치적인 상황으로 민족이 분열되는 것이 실로 안타깝다. 서로가 조금씩 양보하고 이해하는 모습을 보이면 좋으련만 아직도 서로를 자극하는 모습을 보면서 씁쓸한 생각이 든다.

개성공단

교과서에서만 접했던 개성을 두 번 다녀왔다. 2004년 말 입주하여 생산을 시작하였다. 개성공단 사업은 2007년 현재 1단계 조성을 완료한 상태이며, 2단계 조성을 계획 중이다. 개성공단 1단계 사업은 현대아산(개성사업단)과 한국토지공사(남북협력사업처)가 남측의 사업 주체로, 지도총국과 개성공업지구 관리위원회가 북측의 사업 주체로 활동하고 있다. 두 번 모두 개성공단과 관련하여 다녀왔다. 이 공단을 통해 남북화해와 통일이 가까워지길 바란다.

얼마 전, 우연한 기회에 과거 10년의 정부의 대북 정책을 '북한 퍼주기' 라며 성토하던 경제인을 만났다. 그의 생각은 대다수 우리나라 보수경제인들의 생각과 일치하다고 본다.

대화를 나누는 동안, 많은 시간을 북한에 대해 부정적인 감정을 나타내었다.

내가 물었다.

"북한과 긴장관계를 가지면 우리나라가 무슨 이득이 있습니까?"

"……."

그는 대답을 잘 하지 못했다.

"아무튼 우리가 퍼주기만 하고,,,이런 것들이 못마땅합니다!"

별로 잘 알지 못하면서 언론에 나온 정도의 내용을 계속 반복하였다.

"평화를 원하십니까?"

"당연하죠."

"그럼 북한을 경제파트너로 생각해 보세요"

"왜 중국이나 러시아 심지어 베트남까지 활발하게 경제교류를 하면서 북한과의 교류에 인색하십니까?"

"경제파트너? "

"그렇습니다. 북한도 훌륭한 마켓입니다."

"북한과 서로 공존하면서 함께 경제성장한다면 얼마나 좋

은 일입니까?'

대화 내내 나를 좌파로 인식하고 경계의 눈초리를 보내던 그의 눈빛이 부드럽게 변하는 것을 직감할 수 있었다. 그동안 언론을 통해 왜곡된 시각으로 바라보던 대북관계와 민주당에 대한 생각에 변화가 온 것이다.

사실 남북관계가 경색되고 전쟁의 위협이 지속된다면 가장 큰 타격을 입는 이들은 경제인들이다. 이와 반대로 남북관계가 정상화되어 평화가 정착되고 북한과의 활발한 교류가 이루어진다면 가장 혜택을 많이 입는 이들 역시 경제인들이다.

이처럼 우리나라 경제인들에게는 남북문제를 어떻게 푸느냐에 따라 기회와 위기가 동시에 주어지게 된다. 나는 개인적으로 남북이 서로 상생하는 쪽으로 선택하길 원한다. (보수언론에서 주장하는)과거처럼 일방통행씩 지원이 아니라 교류를 통하여 신뢰감을 구축시켜 나갈 필요가 있다. 분명 북한에서도 남한에 대해 지원할 수 있는 자원이 많을 것이다. 남한에서는 북한과의 동반 성장을 통하여 더 큰 발전을 꾀하는 지혜를 발휘해야 한다.

최근 개성공단 사태악화에 따른 경제적 손실에 대한 모경제 연구소의 연구위원의 분석은 흥미롭다. 우선 북측의 경제적 손실은 연간 약 3,600만 달러로 예상된다. 현재 개성공단 북측 근로자의 월평균임금은 시간외 수당을 포함하여 일반 근로자의 경우 약 75달러이며 4만 명의 근로자의 총수입은 연간 3,600만 달러 정도이다. 북한의 대외수출액의 순수익이 약 1억 달러로 추산할 경우 외화수입의 꽤 많은 비중을 개성공단에 의존하고 있는 셈이다.

또한, 남측의 경제적 손실은 이보다 훨씬 크다. 직접적 경제손실은 개성공단투자손실과 모기업의 손실 그리고, 협력업체의 피해를 합치면 약 6조 2천억 원에 이른다. 여기에도 한반도의 안보위기로 인한 국가신용도 하락에 따른 경제적 손실과 약 12만 명의 실업자가 생성될 우려도 내포하고 있는 것으로 분석된다.

결국 남북긴장관계는 양 국가에 많은 비용을 지불하게 하며 국가발전을 저해하는 요인으로 작용할 수 있다는 점을 명심해야 할 것이다. 하루빨리 개성공단이 정상화 되도록 지혜를 모아 나가야 할 시점이다.

개성시내를 가로질러 박물관으로 가면서 시민들의 풍경을 볼 수 있었다. 개성시의 어려운 사정을 모습을 눈으로 직접 보니 안타까운 마음이 들었다. 개성공단의 정상화가 개성시 발전

탈북자 〈금강산 예술단〉과 함께

에 디딤돌이 되길 기대해 본다.

같이 간 한나라당 의원 역시 눈시울을 붉힐 정도로 동포들의 모습을 보면서 통일의 여망을 담는 듯 하였다. 통일에는 여야가 없기에 북한의 실상을 제대로 안다면 인도주의적 차원에서 북한을 도와주는데 한목소리를 낼 수 있지 않을까!

여러분! 우리의 소원은 통일입니다

1987년 6월 민주화항쟁이 지나고 1988년의 학생운동은 통일운동으로 이어진다. 나는 서울과 부산을 오가면서 학생운동에 전념하게 되었다.

그 당시 가장 많이 불렀던 노래가 '우리의 소원은 통일'이었다. 어쩌면 왜 통일을 해야 하는지 제대로 인식하지 못한 상태였지만, 본능적으로 통일을 해야 한다는 신념에 이끌렸다. 지금도 서울의 모 대학 운동장에서 통일의 당위성을 주장하시던 문익환 목사님의 모습이 눈에 선하다.

80년대 당시만 하여도 '통일'이라는 단어가 매우 낯설게 받아들여졌다. 지금은 국민들 누구나가 통일이라는 단어를 마음껏 사용하고 있지만 당시만 하여도 통일을 불순세력 혹은 빨갱이 세력으로 몰아붙이기 일쑤였다.

아마도 통일운동은 60년대의 4.19혁명전후에서 박정희 독재시대를 거치면서 지하운동으로 숨어 버린 것 같았다.

박정희 정권 이후 계속되는 군사독재 시절로 인하여 통일운동의 맥은 수십 년간 이어지지 못하였다. 이 맥을 학생들이 잇기 위해 나선 것이다. 서울 시내 곳곳에서 '통일'의 구호를 외쳤고, '반전 반핵'을 외쳤다.

나는 버스 안에 올라가 승객들을 향하여 이렇게 소리쳤다.

"여러분! 우리의 소원은 통일입니다"

승객들의 반응은 두려움 반 어리둥절 반이었다. "왜 저 학생이 생뚱맞은 말을 하지", "저 친구 빨갱이 아냐?" 하는 반응이었다.

아마도 80년대 이후 학번들은 기억할 것이다. 민주화 운동이후 연이어 일어났던 통일운동은 그 후 많은 탄압 속에서도 꿋꿋이 이겨내었으며 지금은 진보와 보수진영 모두 통일이라는 단어를 거부감 없이 사용하고 있다.

이 당시 통일운동을 할 때는 그 일이 얼마나 큰일인지 못 느꼈지만, 세월이 지난 지금 그 당시를 회상해보면 통일이라는 용어를 대중화하는데 일조했다는 생각이 들어 기분이 좋다. 사실 4.19혁명 이후 우리 선배들이 통일 운동을 전개했으나, 대중화시키지 못하고 사장되고 말았다. 수십 년간 통일이라는 단어는 금기시되어 왔다.

87년 6월 민주화항쟁 이후 이어진 통일 운동은 4.19세대의 실패의 전철을 밟지 않았다. 우리는 역사의 진전을 이끌어 낸 것이다.

인간은 누구나가 자존심이 있다. 어쩌면 "자존심 하나로 산다"는 말이 있듯이 이것이 전부라고 주장하는 이도 있다.

하지만, 정치인은 일반인과는 달리 국민의 안녕을 위해 개인의 감정을 쉽게 노출시켜서는 안 된다. 때로는 마음에 들지 않는 부분이 있더라도 대다수 국민의 평화를 위해 민주주의의 정신인 '대화와 타협'을 통하여 평화공존체제를 구축해 나가야 한다.

이런 측면에서 볼 때, 통일 운동은 연속성을 가져야 한다. 정권이 바뀌더라도 통일에 대한 신념은 불변해야 한다. 보수진영이든 진보진영이든 국내의 여러 가지 정치적 상황에 대해서는 치열하게 싸우더라도 통일과 외교문제 만큼은 긍정적인 데이터를 계속해서 축적시켜 나가야 한다.

나는 주장한다.

"진보든 보수든 통일문제는 누구의 전유물이 아니다"

철도는 우리의 삶의 여유로움을 주는 교통수단이다. 대학생 시절 동해남부선 완행열차를 타고 부산에서 경주까지 간 아련한 기억도 난다. 돌아올 때 까만 겨울바다에 등대 빛의 모습을 보던 낭만도 떠오른다. 그만큼 열차는 우리 삶에 없어서는 안될 소중한 교통수단의 하나이자 여행의 동반자 역할을 성실히 해내고 있다. 하지만 KTX에서는 그런 삶의 여유를 가지는 부분에서 미흡하지 않나하는 생각이 든다.

일본에 가면 신칸센을 가끔 이용한다. 신칸센과 KTX를 비교하면 하늘과 땅 차이라는 느낌을 받는다. 신칸센은 소음이 별로 없고 의자가 상당히 안락하다는 느낌을 받는다. 여행의 여유로움을 묻어나게 하는 또 다른 공간이다. 훨씬 후에 제작된 KTX는 승객의 편의를 고려하지 않았다고 느끼는 것은 나만의 생각일까? 특히 키가 큰 승객이 타기에는 부적합하다고 생각이 든다. 마치 우리 승객들이 짐짝 취급 받는 것 같아 불쾌감을 갖게 된다.

최근 우연한 기회에 새마을호를 타게 되었다. 속도는 다소 떨어졌지만 KTX보다 더 편안한 느낌을 받았다. 값비싼 KTX가 새마을호 보다 승차감이 떨어진다면 개선해야 하지 않을까 하는 생각이 든다.

철도에는 또 다른 의미를 부여 하고 싶다. 부산에서 떠나는 열차가 북한을 거쳐 러시아로 많은 물자의 운송수단의 역할을 하리라 기대해본다. 이미 러시아에서는 경제교류를 원하는 것으로 알고 있다. 러시아의 물자를 운송하는 최적의 수단은 철도라고 본다.

아쉽게도 북한과의 관계에 의해 제대로 활용되지 못하는 것에 아쉬움을 느낀다. 하루 빨리 북한과의 관계가 개선되어 러시아의 풍부한 자원이 우리나라로 수입되어 남, 북한뿐만 아니라 아시아 전 지역이 더욱 부강해 지기를 바란다.

또한 철도는 평화의 상징이기도 하다. 북한과의 우호적인 관계로 이어진다면 열차를 타고 내 고향 부산에서 서울과 북한 땅을 거쳐 러시아 그리고 유럽까지 횡단할 수 있는 환상적인 코스가 될 것이다. 나는 확신한다. 철도의 길이 열리게 되면 우리나라는 더욱 부강한 나라가 되리라 확신한다.

그러기 위한 선별조건은 남북 간의 화해와 평화관계를 맺는 것이다. 철도는 통일을 앞당기는 매개체 역할을 할 것이다. 철도에 대한 애정이 남다른 이유가 여기에 있다.

　　DMZ는 우리나라의 자랑스러운 생명공동체이다. 사람의 간섭을 덜 받는 접경지대는 철새들의 절대 자유지역이다. 우수한 생태적 가치로 국내외에서 관심이 집중되었고, 이를 지키려는 노력도 지대하다.

　　참으로 다행스러운 일이다. 앞으로도 지속적으로 정부가 나서서 환경과 생태 그리고 평화를 위한 노력을 기대해 본다.

　　다만, 강원도와 경기도만으로는 절반의 성공밖에 못 이루게

　　"환경부는 9월 26일 강원도, 경기도와 함께 'DMZ 생태 · 평화 비전' 선언 행사를 개최하여 한반도 핵심 생태축인 DMZ를 생태계의 보고로 관리하고 세계적 평화의 상징지역으로 발전시키기 위한 'DMZ 생태 · 평화 비전'을 제시하였다.- DMZ 생태계 조사를 통해 생태계의 우수성을 발굴하고 멸종위기 동 · 식물 복원 등 생물종 다양성을 확보하여 DMZ를 한반도 동 · 식물의 최대 서식처로 보전하고 한반도 생태 축을 연결하여 지속가능한 관리계획을 수립함.- 생태계가 우수하고 평화를 상징할 수 있는 DMZ의 대표지역에 2012년까지 생태 · 평화공원을 조성하여 생태계를 보전하면서 세계적인 생태.관광명소로 발전시키기 위해 노력하고 있다. 생태계가 우수한 DMZ와 그 일원지역을 지역 지역주민과 협의를 거쳐 유네스코 생물권보전지역으로 지정하고, 한반도의 생태적 고유성과 가치를 전 세계인에게 알릴 수 있도록 준비하고 있다. "

〈DMZ를 생태와 평화의 땅으로〉 2008. 9. KDI 경제정보센터

전방 민통선에서 - 통일을 기다리며

된다는 점을 명심해야한다. 따라서 북한과의 지속적인 교류를 통하여 남북한 공동의 DMZ생태공원을 조성하는 것이 훨씬 가치 있는 성과가 될 것이다.

해마다 파주를 찾는 재두루미, 개리, 독수리를 맞이하여 그들의 습성대로 보존하기 위하여 여러 활동이 진행되고 있다. 특히 DMZ의 생태환경에 대한 이해와 이들이 공존 방법을 모색하는 프로그램이 마련되고 있다.

DMZ 철새생태학교는 접경지역의 생물권 홍보 및 교육을 위해, 독수리를 비롯하여 파주의 천연기념물에 대한 체계적인 교육이 있어 왔다. 또한 민통선지역의 자연환경 보존을 위한 활동을 전개하고 장기적인 관리프로그램을 개발하여 운영하는 중이다. 청소년들의 접경지역 생태 체험활동은 90명이내의 참가자로 이루어진다. DMZ생태환경투어는 철새보호에 주력한다. 더불어 이 활동은 자원봉사자의 참여로 구성되어 운영된다.

최근 2009년 4월 경기도 북부지방인 연천군을 다녀왔다. DMZ를 직접 눈으로 보기 위해서였다. 대학 다닐 때, 전방에 온 후 실로 20년이 훨씬 지난, 오랜 세월 만에 최전방에 오니 감회 무량하였다. 마치 타이머신을 타고 과거 학창시절의 나이로 돌아가는 묘한 느낌이 들었다.

전방의 날씨는 역시 추웠다. 서울의 완연한 봄 날씨와 확연히 차이가 날 정도로 쌀쌀하고 약간은 을씨년스럽게까지 느껴졌다. 굳건히 나라를 지키고 있는 젊은 군인들을 보니 믿음직해 보였다. 산등성 위쪽을 가리켜 북한군 GP가 있다고 설명해주었다.

얼마 전에 산불이 나서 나무가 많이 소실된 자국이 남아 있어 안타까웠다. 남북으로 가로질러 흐르는 냇물이 퍽 자유로워 보였다. 저 냇물처럼 우리 동포도 하나가 되면 얼마나 좋을까?